画外

怀一 著

山西出版传媒集团

北岳文艺出版社
BEIYUE LITERATURE & ART PUBLISHING HOUSE

· 太原 ·

图书在版编目（CIP）数据

画外 / 怀一著 . — 太原 : 北岳文艺出版社，
2019.1
（格致文库）
ISBN 978-7-5378-5742-0

Ⅰ . ①画… Ⅱ . ①怀… Ⅲ . ①散文集－中国－当代
Ⅳ . ① I267

中国版本图书馆 CIP 数据核字（2018）第 250051 号

书　　名：画　外
著　　者：怀　一
责任编辑：关志英
书籍设计：鸿儒文轩·书心瞬意
————
出版发行：山西出版传媒集团·北岳文艺出版社
地　　址：山西省太原市并州南路 57 号
邮　　编：030012
电　　话：0351-5628696（发行部）
　　　　　0351-5628688（总编室）
网　　址：http://www.bywy.com
E－mail：bywycbs@163.com
经 销 商：新华书店
印刷装订：北京中华儿女印刷厂
————
开　　本：787mm×1092mm　　　1/32
字　　数：117 千字
印　　张：6.75
版　　次：2019 年 3 月第 2 版
印　　次：2019 年 3 月北京第 1 次印刷
书　　号：ISBN 978-7-5378-5742-0
定　　价：48.00 元

目录

说画两篇

《珊瑚笔架图》

收张僧繇《天王》，上有薛稷题。阎二物，乐老处元直取得，又收景温《问礼图》，亦六朝画。珊瑚一枝画珊瑚笔架一座，旁书"金坐"二字。三枝朱草出金沙，来自天支节相家。当日蒙恩预名表，愧无五色笔头花。

《珊瑚笔架图》附于《珊瑚帖》。常常是说《珊瑚帖》，说帖，必然是看字，而我更愿意把《珊瑚帖》看成《珊瑚笔架图》。

《珊瑚帖》不光要看字，笔架画，足可以称奇观。

据说米芾画山水，传世罕见之，不过一幅《珊瑚笔架图》

便看出米大人的写意功夫了。石涛画存世多，好看的不过十之一二，画得多，有时候不能说明什么的。

本来写意画是一个不错的说辞，后来出来一个大写意。如何是大写意，能写出大意思才叫大写意，今人画大写意是北京人说的大概其，山东人说的大约摸，更多人画大写意像买彩票撞大运。梁楷有《泼墨仙人图》《李白行吟图》，二图看似粗，其实笔法墨法形神——高妙，万分精确。后人学写意，想不到梁楷与仙人，空余一个泼字讨生活。

《珊瑚笔架图》好，正是以书入画之典范，记得齐璜说，架上雕花，案头小品，壮夫不为。这个笔架也算案头小品吗？一经米芾来演绎，笔架成图腾，予观之，当跪拜。

写意看起来像玩耍，恰是要正经来做的，一旦落于流，写意就没有好说的。

想象，米芾得宝，录以收据，到得意处，信手补笔架。法书图画，浑然一味，雍容宽博，风神飞扬。

米芾的帖子不少了，把《珊瑚帖》改称《珊瑚笔架图》，用意在强调《珊瑚笔架图》对于写意画的重要性。

后人多以为珊瑚笔架图为先书后补画成《珊瑚帖》，究竟是画后书抑或书后画，待再考。

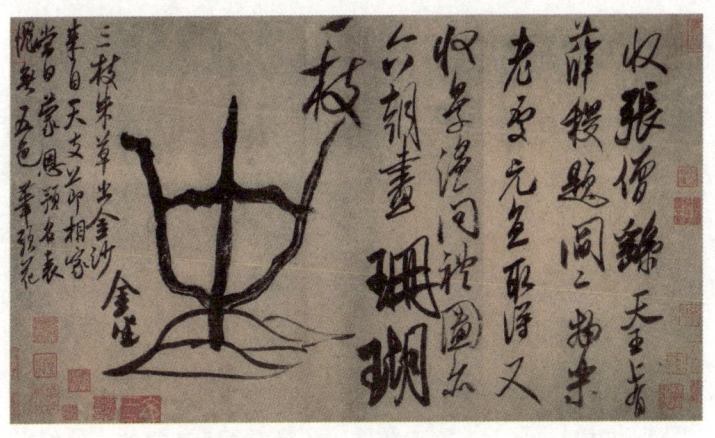

〔宋〕米芾　珊瑚帖　纸本墨笔

由法常、徐渭、吴昌硕说写意画

　　法常《柿子图》现在看来都很当代，八大、齐白石也画柿，差不多全以法常的《柿子图》当粉本。法常画《柿子图》，柿子头上分明是王字、玉字或工字？所谓以书入画，笔笔写出。

　　徐渭看到过法常的画。

　　法常是南宋时的出家人，他画过《老子图》《观音图》《老松八哥图》。南宋院体画人是看不上法常的，他们视法常的画为野狐禅，后来的美术史也很少提及这个出家人。故宫博物院仅藏《写生蔬果图》，台北故宫博物院有《花果翎毛图》，法常的画几乎都留在日本了。

　　然而法常在世时不是没有读者的。南宋时，来中国学佛的日本僧人就开始留意法常的画，偶尔，他们以物易物或者直接用银两买进，把法常的画带到日本去。法常是僧侣，那时的僧侣大多不太看好钱，因此法常的画价也不会贵。日本出版的《南画》载，一个僧侣拿一包砂糖换法常罗汉图。一包砂糖值几个钱？

　　法常的画传到日本后，影响了日本后来兴起的"南画"派，有些"南画"人，一生靠临摹法常的画过日子，其中即有长古川。

日本人把法常的画捧作"国宝"时，法常应该会听到这个消息的，尽管南宋的主流绘画把法常拒之以门外，法常通过另外一个渠道得到了安慰。

法常去后约三百年，到了明中期，徐渭出世。徐渭首先是个旷世奇才，于诗于史于书于戏曲于美食，徐渭样样入流。

徐渭时，法常的画不像现在很稀缺。明书载，徐渭是"越中十子"，后中举，为浙闽总督做幕僚，曾入胡宗宪幕府，一切疏计，皆出其手。前朝官宦，有识有产，人人诗书。徐渭伴随左右，应该见过大世面，那时哪里有画册，习画摹范靠真本，徐渭看看法常的画应该不为难。

存世的徐渭画，由笔意、章法看，法常给了他明晰的启示。

徐渭是大才，有诗书为其根，他在稍稍理性的状态下画出了《徐天池山水人物册》(民国珂罗版，吴昌硕签并序)，据徐渭跋，此册客居其侄寓处绘，一册十开，放收自如，为徐渭画中之妙品。

徐渭画敢抒放，缘于他的天资和功底。

美术史经常举例徐渭的《墨葡萄》，我以为墨葡萄是沾了那几句题跋的光，许多史论家往往以《墨葡萄》题跋的诗文来说文学概念的事，缺乏思考的画人便以为徐渭的墨葡萄画得牛。我个人看，恰恰是徐渭的《墨葡萄》，误导清以后的花鸟画渐次颓败。清晚期，有一个客居海上的画人又误将徐渭的疏野失控拣起当作薪火传到20世纪初——这个人便是吴昌硕。

吴昌硕和郑板桥差不多，他们都做过清政府的县干部，吴昌硕只当了一个月的县令就罢官去画画了。吴昌硕三十岁，求教同在海上的任伯年，任看过吴昌硕画，拍案叫好。吴昌硕写过石鼓文，写石鼓重蛮力，尽管任伯年画画能力强，可他的书法还差一口气，因而任伯年为吴昌硕叫好也不新鲜。

吴昌硕一贯被以为是大写意与老辣之代表。说老辣，也误导了许多画画人，谢赫"六法"说用笔，没有老辣这一类，钱选、孙艾、李公麟、赵佶、范宽、吴道子，用笔都不属老辣派。包括齐璜齐白石，只要是拿老辣来画的画一般都很空洞。

后来的日本人称吴昌硕为"唐之后第一人"。我怀疑后来的日本人也退化了。

老辣、大写意，听起来像童话，却是被搞得如乱麻。果真有"大写意"，我觉得齐白石的《他日相呼》、八大的《河上花图卷》、徐渭的《山水人物册》、法常的《芙蓉图》、苏轼的《枯木竹石图》、米芾的《珊瑚笔架图》、梁楷的《李白行吟图》算是"大写意"的典范。

当下人画"大写意",更多的时候像开玩笑,明白人都不太会当真的。

抒放一路画,必得天地人之气,人是本。放必能收,怎么收,便由人为之。

"大写意"之后,有人又提出"超大写意"来,这些市井说辞已经耽误了很多人。画人不内求,光在观念上来回绕,终究是一无事成的。

无论大写意小写意,老辣不老辣,全都是皮相理,人本的力量不具备,怎么折腾,到头看都是一场空。

《大匠之门》2013 年第 1 期

怀一　巡山图　22cm×19cm　纸本设色　2014 年

怀一　茶话图　22cm×19cm　纸本设色　2014年

国画漫谈

大家好，院里安排今天与大家聊一下国画里的册页与小品画，吕晓博士是研究史论的，一些富有史料性、数据严密的话题，吕晓和大家交流过，我本人就国画册页和小品画说一点边缘的话题和感受，希望能与大家一起分享并商榷。

在座的都是具有多年绘画经验的画家了，案头经营这么多年，分别都有自己的经验积累与体会。一会儿，我说得不够明晰的话题，大家可以来补充、来交流。

古人说读书行路、出门交游，交游不是说到郊区去旅游，交游本来是交流的意思。

绘画作为艺术，尽管有一些相通的经验作为公共资源供大家来参考，但至关重要的体会、体悟，还是靠自身去积累。

画画这个事，其实也没有太多什么好说的，历朝历代，前人给我们说了很多很多了。但画画这个事太迷人，迷人的程度几乎有一点像信教。所以千年来，画家们还是喋喋不休地在诉说。

　　一般来说，做一件事的过程是从不熟悉到熟悉，熟悉之后又熟练，熟练之后又有炉火纯青、易如反掌、手到擒来这些成语来比喻。

　　画画虽然有很大一部分是属于技的范畴，可是画画又不是熟练工。画画之所以很迷人，其意义也在此。

　　为什么说画画不是熟练工？你今天画得好，明天不一定能画好，后天或许画得更差了。有人早年画过成名作，后来干脆不画了，这样的例子也很多。

　　画画之所以很迷人，画画的人可能都有另外一种感受与体会，什么体会呢？前提是你身体好，吃好喝好了，没有人事来干扰你，夜深人静，画着画着，你也慢慢地沉静下来。这个时候，那种静谧的状态会牵引你进入到一个仿佛禅家说的入定的状态里，然后妙笔生花、心花怒放、犹如神助、神来之笔、鬼斧神工，最后甚至可以惊天地、泣鬼神。

　　过去一个秀才半夜作诗，每想出两个好句便很得意，对着镜子给自己作揖说：老兄，我太佩服你。

因此，诗书画所以高，它是精神的，可以陶冶情操，洗涤心灵。

大家都是富有经验的画家了，我刚才讲的感受不是封建迷信，也不是玄学，我讲的那种入境或者入定的感受是真实存在的。一个人烦躁的时候，与安静下来的感知是不同的，烦躁的时候可能只有心乱如麻，而入定之后你可以感知到另外一个时空的存在。每当那个时空被你感知的时候，你可以信手出笔，而且笔笔到位，怎么画怎么对。

绘画的法度里还有一个说法，就是顺势而为，一旦你安静到入定的状态，无论是章法、构图、笔墨笔触、水分颜色，笔笔顺当。当你心乱如麻，一定是下笔即错。问题出在哪里？问题出在心乱如麻会让你处于逆势之中，所谓大逆不道，道还有说的意思，心乱如麻的时候你说话都会犯错，更不要说画画。所以一幅好画，怎么看都是顺畅的，但凡看起来别别扭扭、磕磕绊绊的画都不是好画。

还有一个成语说"得意忘形"，这个成语在日常应用的时候往往被当作贬义，但画家恰恰最需要"得意忘形"这个状态。意，不仅单指意思，意字的意思还有意韵、意境、生意、传神写意等。我们常常要写生去，这个生不是陌生，或者你不熟悉的意思，写生的本意，也不是简单地描摹物一个形状或者动态，写生，是要写出被写对象的生命意象，写出对象的生意来。

生意这个说法本来的意思是说生命蓬勃、充满生机的意思，后来，我们把做买卖的叫作生意人。这样来理解生意显然是片面的。买卖不能等同于生意，比如买卖贩毒，贩卖人口，这种买卖是犯罪，这种买卖是找死，这种买卖所以不能叫生意。

所以，要复兴民族文化，我们首先是要纠正已经被误读的常识。

说到误读常识，问题似乎很宏大、更复杂。常识不仅是一个民族几千年来积累起来的生存经验，常识更是一个民族的文化基石。常识本来是每个民族、每个家庭，或者每个人的世界观、人生观、价值观。

日常生活，我们或许想不到常识这个词，但是常识一如空气，时时刻刻与我们相伴。常识误读之后，和空气被污染一样严重。常识一旦被误读，这个民族会陷入思想意识的混乱与迷失。比如，改革开放三十多年来，我们民族的一切努力和奋斗只以赚多少钱为目标，按照佛家的说法，这个意愿与发念本来就是错误的。

如果一个画家的终极愿望，只是为了卖画挣钱，那么这个画家的人生意义跟煤老板没有什么区别。再说，一个画家卖得再怎么好，也好不过一个普通的煤老板。这是从大处看常识。

从小处看常识，举例我们现在喜欢说"双赢"，两个人打斯诺克，忙乎一晚上没有分出输赢来；四个人打牌，最后都说自己赢钱了，输家是谁呢？灯泡熬一夜，最后的输家是灯泡？所以说，双赢是没有的事，非要说双赢，一定是合作的双方有一方在妥协。

本来是说"意"字的意思，刚才扯远了。回来说"意"这个字。

意这个字，在中国文化里，几乎囊括了最高的品质，中国说写意画，充分说明了"意"的旨要和重要性。写意，不是说写个大概其，意，体现了一种品质与格调。

我们经常会说起"古意"这个词，所谓古意呢，不是指时空，古意的指向也是说一种格调与质地。可见意这个字的意思，在中国文化背后隐藏了极为丰富的用意。

意，在不同的人群，有不同的理解，境界不同，对意字的体味也不尽相同。

梁楷理解的意，与范曾理解的意，出入肯定会很大，因此梁楷留下了《李白行吟图》《泼墨仙人图》，范曾能留下什么？《老子出关图》能不能留下来？结果留给后人去评说吧。

关于画画的事，前人给我们说了很多很多了。问题的关键不是听谁怎么说，问题在于我们自己怎么想、我们自己怎么做。如果自身缺乏思考与判断，庙一多，各路神仙自然多，别人怎么说，我们怎么做，最后只好瞎忙乎一辈子。

不论做什么事，最可贵的就是要坚守，画画尤其是。但，哪些东西值得去坚守？哪些东西要抛弃？这个选择又很难。

艺术不像科学技术，很多数据、指标可以按照科学规律来衡量。尤其是绘画，很多画家，在别人看来很多问题、很多缺点，但是，很多高明的画家恰恰可以把自身的缺点转化成为优点与个性。

传说，清"四僧"里石溪比较脏乱差；传说，倪瓒太干净、有洁癖。这两个人，恰恰能够把自己的问题与缺点转化成优势，最后形成了鲜明的、与他人迥然不同的绘画语言。

所以，要坚守的不仅仅是自己的优点，甚至自己的毛病也可以来坚守。中国的道教说有无、禅宗讲虚实，有无和虚实如同说优点与缺点，因此，一个人的长与短，也要辩证地来看待。

举例金冬心。

金冬心本来是一个小文人，所谓小，是和"唐宋八家"来比较。金冬心没有苏东坡那样的履历，当然，金冬心也就没有苏东坡那样宽博的胸怀。苏东坡可以写《赤壁赋》，金冬心的

怀一　拟子昂东坡像　102cm×32cm　纸本墨笔　2014 年

怀一　古尊者像　136cm×34cm　纸本设色　2014年

关怀没有那么大，金冬心关注山上忽然冒出新笋了，他琢磨拿新笋配五花肉还是配咸猪肉更美味，金冬心写不了《赤壁赋》那样的文字，他可以写一点怎么给菖蒲过生日。

苏东坡说的"致广大、尽精微"。今天来解释，大概意思就是，大处着眼、小处着手。简单地来解释"致广大、尽精微"，拿齐白石的画也可以来形容，一棵写意的大白菜，配一个小工虫。浅显地去理解"致广大、尽精微"，大约就是这么一个意思了。

"致广大、尽精微"，在苏东坡眼里肯定不是这么简单的。"致广大、尽精微"，这六个字，往远处想，可以渗透到整个的社会生活里。为人处世，修身、齐家、治国、平天下，处处都会用到这六个字。

刚才说画画要坚守，依然拿金冬心来举例。

如果把金冬心单纯以一个画家来衡量，他的资格最多就是一个地市级美协会员吧。其实在清代，金冬心的身份与地位也就是那样一个局面了。金冬心没法与"四王"比，也不能与"四僧"比，金冬心当时的状况甚至连郑板桥都不如。但是，金冬心又是独树一帜的。

有了齐白石，吴昌硕似乎不太重要了。但是没有人可以取代金冬心，金冬心的意义，没有其他人能代替。

金冬心首先是个读书人，他诗文好，与"四王"或者"四僧"比，金冬心的文采显然是可以胜出他们的。金冬心不仅诗文好，书法也出奇，他受民间酱当铺招牌字所启示，发明了写漆书。我本人不太喜欢金冬心的漆书字，我更喜欢金冬心的楷书与行草。

金冬心画不了"四王"那样的大丘壑，也画不了八大《河上画图卷》那么恢宏的大花卉。金冬心虽然画过不少花卉图，但他很少敢画鸟，当然，这样的局限也没有限制了金冬心，有人关怀大，就有人关注小。说一句良心话，能把花花草草画好就很难了。

金冬心的视角在于微观与微妙处，他画草，驳岸、坡角，有一株草忽然被他关注到，他可以把这棵草画到死去活来的。

金冬心早年没有经过太多的绘画训练，他的绘画意识完全是由他的文质、文心、文思而勾引起来的。

不光是金冬心，金冬心之前的很多文人画家也是如此进入绘画的。读书、写字，写烦了，开始信手画，一片叶子、一朵花、一棵树、一块石头，文思不足以表达的意境，他们开始用绘画的方式来传递。

中国文人画，是由文思和书写这两个基本元素构建起来的。尤其是书法，世界上还没有另外一种文字可以与汉字相比肩。

英文字母的书写样式也很多，但英文字母的体例再多样，最后归于是装饰，装饰是属于工艺范畴的，与汉字书法的精神没法比。

三十年以前，判断人品、选拔干部的基本前提是看你写的硬笔字。字如其人，见情见性，由此可见。中国人把书写汉字已经上升到可以评判人格的高度了。

汉字除了表意、象形外，每一个字又有真、草、隶、篆等体例。汉字的不同体例、不同书写方式，里面同时涵盖了最基本的造型方法。

我们在日常的阅读或者书写时，很容易忽略每一个字的造型与表情。但，一个真正的书家，看待每一个文字的心情与思考和常人是不同的，文字在他们眼里有生命、有血肉、会呼吸。书法里写一个点，这个点怎么点，古人总结说：巨石落水、象走泥潭。写好一个点，就要凝聚这么大的心思、力量与想象。从形容一个点，便可以看到汉字书法的博大与精深。

汉字不同字体，与国画所说的笔法是一脉相承的。以书入画、书画同源，也充分说明了汉字书写的笔法与国画笔法的姻缘关系。

所以说，文思与书法，构成了中国的文人画。

回来再说金冬心。

金冬心这样的画家，起初就是觉得自己文采好，书法也不错，加之稍稍有一点形象思维才动手画起来。过去国画很在意笔法，所谓笔笔见笔是也。有了笔笔见笔的功底，加之很少的形象思维，完全是出于真的性情，金冬心开始逐步步入了画坛。

金冬心虽然是一个终身布衣的小文人，可是他的内心世界很丰富，他好像一粒黍、又好像一片叶，正所谓一黍一世界，一叶一菩提。

别看黍子小，在古代，黍子是作为度量器来计量单位的，一黍为一厘，十黍为一寸。历代把度量衡器看作是大事，度量衡器不仅代表了一个王朝的规制，更代表了公平与天地之良心，但是用以度量、计算尺度的标准，古人选择了一粒黍。

苏东坡说"致广大、尽精微"，金冬心刚好与之相背而行，金冬心是"尽精微、致广大"。佛说一黍一世界，一叶一菩提。以小见大，也恰是金冬心的世界了。

假如拿歌唱来比喻，金冬心好像刘若英。

刘若英唱歌的天资并不占优势，但是她会用内心与真情来倾诉。把歌唱到这样的境界时，人们所感动的往往是歌者的内心与情感，歌技、嗓音已经不是最重要的东西了。

刘若英的唱歌方式，某种程度上好像文人画。

金冬心画不过"四僧""四王"这批人，他自己就得想办法。他利用自身的优势，他的优势便是文思、书法，以及用真心来表达。

人看起来都差不多，画看起来也差不多，但是，是否出于真诚与真心，明眼人可以看出来。是否出于真诚与真心，最后会决定你的成功与失败。

金冬心的真诚与真心几乎在他的绘画里处处可见，按理说他这个人的性情是俭朴的，他画画的能力也不太大，画梅花画一枝两枝就足够了，可是他画梅花简直就是一树繁华。枝干横斜、繁花如积，梅花呢，一朵一朵，阴阳向背，一丝不苟。金冬心画过一开《金碴银碴唱落梅》，碴就是碎渣儿，意思是飘零的梅花好像一片金，又好像一片银。金冬心画落梅，花瓣都解散了，偶尔还剩一瓣，与花蕊依附在一起，被风裹挟着，从树干上飘下来，意境零落，好像一个怀抱婴儿的母亲在流浪。

金冬心那个花蕊画得仔细啊。怎么形容呢。还是用死去活来比较准确吧。

金冬心的耐心和仔细，真的是尽精微。

有一年，我和于水、王祥夫去大觉寺看玉兰，大觉寺有几株古玉兰，如果要画玉兰，大觉寺的玉兰就是最好的粉本了。

那年春寒，五一前，大觉寺的玉兰才开好，喝着明慧茶院的龙井茶，看着古玉兰，恍若三千宫女、七十二粉黛，这样的想法是不是有一点堕落呢？

王祥夫问我玉兰开几瓣？我又问他开几瓣？于是下赌当茶钱。王祥夫说十一瓣，我说肯定是九瓣。金冬心画玉兰，有一句题跋说得很明白：仙葩九瓣玉玲珑。于是到玉兰树下数花瓣，一数，正好是九瓣。

北京画院的玉兰刚开过，估计也是开九瓣。

如果不是广玉兰，或者辛夷花，内陆的玉兰都是九瓣开。辛夷长得像玉兰，花形和玉兰差不多，但是辛夷花的根部是胭脂色。很多北方人把辛夷也认作是玉兰。广玉兰，或者辛夷花到底开几瓣，金冬心没说过，我也不清楚。

金冬心仔细到不仅数花瓣，他还写过诗说数花须，花须就是花蕊。

古人没有今天人杂事多，他们闲，闲到给花须来点账。有的花只有一两个花须，有的花须好像"马克思"，一大把，怎么数过来？南京书画院刘二刚画过几个老头子数花须，有的老头眼神好，距离花树很远就开始数，有的老头眼神差，要翻开

怀一　清凉境　12cm×55cm　纸本设色　2014年

花须仔细数。记得刘二刚也引金冬心的句子来题跋。

书店里有几种金冬心诗草或者题画跋，大家闲暇了，可以买一册当催眠药。我等于给金冬心和出版社做广告。

齐白石一个时期专门学习金冬心写楷书，后来齐白石自己说，遇到李北海，写书法才好像找到组织了。

齐白石写金冬心的字后来不了了之，但是白石老头很智慧，他从金冬心的诗文里，学到了一种俭朴文质的精神气质。这样的气质几乎影响他一生。

不久前，北京画院美术馆展览白石画《石门24景图》，每图有题跋。那时白石老人的字学金冬心，题跋的诗文也是金冬心的气韵和气质。

金冬心与齐白石，与生俱来的人格气质很相像，他们这一类人在中国过去的说法里可以通称为寒士。过去称寒士，不是说缺衣少食，也不是缺医少药。比如倪云林，他家是大富豪，可是他不惜财，千金散尽，放浪江湖，孑然一身。所以倪云林是真寒士。

寒字包括了俭朴、孤傲、冷逸的意思，意思所指的是一种人生姿态与态度。寒士首先是不与时和、不与官人为谋。但是寒士也要生活，甚至吃的差一点他们也会有意见。

寒士们的世界观是冷峻、超然、野逸的，但在世俗社会里，他们往往比寻常百姓更热爱生活，比如倪瓒有洁癖，他一定不停地刷马桶；金冬心比较闲，然后忙着数花须；齐白石最爱钱，许多的不眠之夜啊，齐白石不睡觉，哗啦哗啦数银元。

我们经常会看到，说谁的画是野逸。什么是野逸？野逸也是经常被误读。大街上有一个乞丐，衣衫褴褛，放浪形骸，那个乞丐不能叫野逸。把乞丐叫野逸肯定是演绎杜撰的。朝阳公园的花开了，一大片，也不能叫野逸。什么是野逸呢？假如，忽然，你在大明宫的残垣上，看到一朵硕大的牡丹要凋谢，那个才是真野逸。比如倪云林，才可谓是真正的野逸。

说了很久金冬心，缘由是他几乎没有画过几幅大画的，房子大和房子小可能会有别，画的大小不是很要紧，要紧的是好不好。评判画的尺度是好不好，不是多么大，或者多么小。

现在不少画家办展览，先去展厅看。展厅看过了，专门为某一面墙画一幅，这样的绘画不是为自己内心而绘制，出发点是为一面墙或者为展示效果画，因此现在可以画大画的画家越来越多了，但能够感人的绘画却是越来越少。

谢赫"六法"里首先说气韵，气韵不仅在中国绘画里很重要，气韵是整个中华文化之灵魂。气韵很神奇，看不到，摸不着，平时，我们感受不到气韵的存在，但我们离开了气马上会死去。

气韵生动、笔精墨妙，一气呵成，都是比喻国画的最好词句。可是，笔精墨妙，一气呵成，这些词句只能送给尺幅不大的中国画。石涛的《搜尽奇峰打草稿》被当作一种象征来传说，但是拿笔精墨妙，一气呵成来比喻《搜尽奇峰打草稿》显然是开玩笑。

不论是石涛、齐白石、八大与徐渭，但凡笔精墨妙的好画全不大。石涛的《陶渊明诗意册》、齐白石的《借山图册》、徐渭客居其侄寓所时画过一套《山水人物册》，都是这几位画家的最高水平了。

北京画院藏齐白石《借山图册》，是白石老人一生绘画的精品，此册 1910 年画成，那时白石年龄在五十岁左右。这个册页好，不是我自己随便说，白石老人也拿这套册页当珍宝。一是这套册页他五十岁左右就画成了，到他去世，将近又过去五十年，他那么喜欢钱，也没有舍得把这套册页卖出去。二是这套册页他等待了一生都不敢乱题字。

陈师曾帮助过齐白石，白石也会敬重他，再说陈师曾的威望那么大，齐白石曾经希望陈师曾为《借山图册》来题跋。所以，《借山图册》里有一开，陈师曾题："平淡见奇"四个字。

可以想象，陈师曾写完"平淡见奇"四个字以后，齐白石是不太满意的，一是四个字的内容很一般，二是书法也不算很过关。如果陈师曾题得好，白石老人很满意，其余的画一并就让陈师曾题过了，为何题跋一开就没有下文了？

齐白石是想给《借山图册》题字的，从那些已经钤章而没有题字的画来看，齐白石签章的位置大多很突兀，问题出在哪里了？问题出在他给画面上空出了写字的位置最后又没有题。

画国画的人几乎都有过，画，画好了，没有考虑好，把字写坏了，只好再裁掉。画面空白多，裁掉一点不要紧，本来一张小册页，一裁画面就受伤了。再说本来是一套几十张尺寸统一的册页，裁掉一幅，尺寸又不一致了，其余都要裁，亏损就更大了。

齐白石《石门24景图》卖给一个姓胡的人，《石门24景图》与《借山图册》同为一个时期画，然而品质高低，悬殊太大。齐白石舍得卖《石门24景图》，不舍得卖《借山图册》。

齐白石那些大幅的花花鸟鸟是卖钱糊口的，在他一生的绘画里，让我膜拜的唯有《借山图册》了。今天就聊这么多，辛苦大家。谢谢！

据北京画院2014年"小品画创作座谈会"发言整理

怀一　菊颂　34cm×34cm　纸本设色　2014年

怀一　三果图　34cm×34cm　纸本设色　2014 年

读尚扬先生画

认识尚扬先生有些年头了，平时少来往，却是彼此在心里惦记的。

尚扬先生画油画，他的骨子里倒更像一个旧书生。一年去金陵春华家，春华说尚扬刚回北京去，前日，尚扬、毛焰在春华的案头上写毛笔字，一口气写下一刀纸。

看过尚扬先生书法联，当下的油画家有几个写过书法呢？尚扬先生有一组画叫《董其昌计划》，其中一幅山顶上书"优山美地"四个字，那四个字写得好，好到过去几年了还教我记得起。"优山美地"本来是一个住宅项目的名称，尚扬先生以此四字赞美董其昌，多合适。

尚扬先生画油画，算是中国油画之幸事，画油画不仅要技术，画外修养与文化愿望更是画画人的命根子。尚扬先生画油画，传达出来的却是中国文人之情怀，过去与现在、东方与西方，时空在变幻，不变的是尚扬先生的文化愿望与本质。尚扬先生以一个中国人的姿态，运用油画材质来叙述和塑造了一座人类文化的大山图。

浅显地看，尚扬先生在搞破坏，他把山水移置到画布上，再拿油画色来弥盖，一层层，一遍遍，尚扬先生在模糊的形里寻觅一个虚幻的象。

尚扬先生一定是喜欢老庄的，他的绘画有一个核心，那个核心也就是尚扬先生内在的向往。这个向往尚扬先生自己明晰吗？读尚扬先生的画，我的心思已经被他的绘画所引导，渐次进入到他的内心去。尚扬先生的绘画之所以有强大的感召力，正是他一贯持守"内求"的结果。没有经历"内求"而一味"外求"视觉效果的绘画终究是一张皮毛。

惊讶尚扬先生处理画布的能力与耐心，一块亚麻布，被他几经抚摩后，质地居然像玉一般温润。尚扬先生不在画工、画技上与他人比高下，他的目的不是要画像，尚扬先生的目的是践行油画在中国的文化意义。

选自《尚扬作品集》

傅家山水

傅山会医术，专治妇科病，著《傅氏女科》《青囊秘诀》。

山西民间传，傅山夜画墨葡萄，初看尽墨点，待月满，葡萄如明珠，看客无不垂涎，欲采之。

山西民间传，傅山为太原府城门题匾额，匾上墙，一看是"大原府"。傅山解：大太通一字，大即太，太即大，泰山即太山，大奶奶即是太奶奶。官不依，请傅山给大字补一点，傅山已上马，于是箭代笔，一箭射出去，大字成太字。

傅山楷书好，见书《心经》《金刚经》，又写过杜诗和王孝子。傅山楷书硬，点画见其骨。傅山写草书，走笔如蟒蛇，一纸江湖气。后来人学傅字，不看楷书看草书，取法乎下，皆无所得。

昔年和二刚先生访土堂，想起傅山画《土堂怪柏图》，时光一去三百年，物是人非，土堂山巍峨，柏苍郁，依旧《土堂怪柏图》。

傅山属于老资格的愤青了，糊口靠看妇女病，于山水，傅山画得六字：大空明、真净美。

傅山没有画窗外的山水图，傅山会归纳，将自然化心然，心然即我然，我然方自然。

把握不好装饰性，往往会让画品流于匠，匠则板，板则无生机，这些问题在傅山的笔底一一被化解。傅山的画既有装饰性，又不失文质与俭朴。傅山有子、侄，从傅山学书画，传世有傅眉与傅清，著述记载说，傅山字多由傅眉与傅清所代笔。傅眉、傅清画，一如傅山之高格。

元破宋之后，文人画即兴起。国乱离愁，没有摧垮文人的骨格与气节，恰恰催化了元代画人在内心里建构美好家园的向往。傅山处于一个改朝换代的乱世，清初画人的处境与时局是一样迷茫的。现实里，江山易主纷扰了傅山的心绪，然而于绘画，落魄的心情不仅没有让傅山变消沉，反倒让他的山水画更加空明与净美。家国破，画图不能破。

很大篇幅的史料在叙述傅山的书法，我不太在意傅山的字。我赞美傅山的画，傅家山水应该在中国美术史上占有更大的地位。

傅家山水是永恒的。

抽动的鼻子

　　冷枚在清代画人里算不得什么，甚至因为他的画风结合中西一度受到雍正所排斥。然而冷枚毕竟是宫廷画家吧，柴米不愁，收入丰厚。

　　衣食无忧，才说画事，时人靠卖画讨生活，画不好也是必然的。查一下发财的行当吧，房地产、金融业、律师行，这么排下来，到底也找不到画画能发财。有人卖画赚了钱，可那些画有几幅值得收藏呢？一般的规律是，卖得好一定是画不好，画得好一定是卖不好。理由很简单，钱多的人少文化，文化多的人往往是穷书生。上帝不会把好事都给了一个人。

　　艺术市场是什么？很简单，市场要什么，你去画什么，画卖掉，便是艺术市场了。

　　回来说冷枚。康熙年贺中秋，冷枚作《梧桐双兔图》，乾隆爱此图，钤章曰：乾隆御览之宝。冷枚虽不具八大之才华，冷枚却不乏真诚与耐心，他能坐下来，一笔一笔去描绘。描绘二字可以比喻冷枚的画，说八大的画是描绘就不对了。

《梧桐双兔图》之双兔，毛从鼻端起，旋展开，八面生发，笔笔不苟。为《梧桐双兔图》所感动，仔细读，双兔的鼻子湿漉漉，仿佛在抽动。

眼下很少看到《梧桐双兔图》这样的绘画了。人们像饥饿的狗，抽动的鼻子四处闻，哪里有空子，立即扑过去。

《当代中国画人物卷》序

中国人物画比山水、花鸟更具实用之功能。庙堂里、祖宗像，没有影像的时代里，人物画成为宣教布道、纪录人事的重要手段。时至今日，人物画仍然没有脱离这个意义。

唐、宋至五代，不论人物、山水、花鸟，中国绘画达到了顶峰。元以降，人物画偶出佳构，然而皆为唐、宋之余绪。

近三十多年来，经过洗涤、引进、变革，中国人物画依然是欲左先右，走一步退两步。路漫漫，其修远兮。

广西美术出版社选编当代人物画来刊行，其旨意在检阅当代中国人物画的传承与发展。

是为序。

《当代水墨艺术家邀请展》序

1996年去舟山，印象里街道布满了鱼腥味。

舟山的带鱼很有名，北方那时哪里有海鱼吃？每到春节时，领导们可以搞到舟山带鱼来，领导才可以有这样的待遇。

舟山有"东海第一村"之称谓，舟山更有海天佛国之普陀。

当年游普陀，专往佛学院访妙善，沙弥说，你去法雨寺看看吧。再往法雨寺，又一个沙弥说，你是谁？师傅睡觉呢。于是和小沙弥聊起来，问他山里有可以书画的师傅吗，沙弥说，有一个。问他师傅多大年纪啊，沙弥说，好像六十出头了。问他可以见师傅，沙弥指向山下一个庙，说，你自己去看吧，他在梵音洞，赶着出一期黑板报。

印光曾住南普陀二十五年多，印光德行好，弘一诚仰之，尊印光为其师。印光虽是个出家人，人情世故亦贯通。印光说，南方的稻米不比西北的小米、小麦营养好，南方的稻米只能果腹用，所以造物生鱼虾于南方以辅之。印光是我看好的大高僧，《印光文抄》说，他常常给人断俗理、出主意，以为众生去苦厄。叹我生不逢时吧，印光在我不在，我在时印光又不再？

苏东坡、王安石曾经旅次到舟山，柳永曾在定海晓峰盐场做监官，其时赋诗《煮海歌》，云："煮海之民何所营，妇无蚕织夫无耕。衣食之源太寥落，牢盆煮就汝输征"。那时的舟山是渔村，物产不过是鱼、盐。如今舟山发达了，文明程度也提高了，接下来，舟山人开始关心艺术品。"2012舟山群岛·中国海洋文化节——当代水墨艺术家邀请展"即是于此背景下举办的。

古人说，诗书传家。诗书不仅能传家，诗书也是一个民族的灵魂啊，人人只看钱，这个民族还有希望吗？

"当代水墨艺术家邀请展"展出的全是中国画，复兴民族文化说了许多年，大多是喊口号，舟山人实在，没怎么说就做了。我的家乡在大同，大同人的钱不比舟山人的少，很遗憾，大同人舍得吃舍得喝，说起字画呢，拍拍屁股便走人了。

苏珊女士是舟山人，客居北京做文化。此展她出了很多力，借此序，特别感谢她一下。

画与世奇

"佛门以洒扫为第一执事，自沙弥至老秃，无不早起勤做。香林有塔扫而洗，洗而复扫，舍利子放大光明。光明不在塔中，而在手里"。

上述不光说僧修持，也在说世奇。世奇在我乡环卫处当书记，工作便是扫，扫而洗，洗而复扫。一般来说呢，人们愿意到体面的部门当书记，最差的，也要到一个粮食局什么的。环卫处就是扫大街，扫大街常常是让人不怎么理会的工作，世奇不以为，手把扫把学沙弥。有时想约世奇出来玩，他说晚上要洒扫，时刻到了市长来查呢。大同有个耿市长，把城市看成自己家，他平时穿一双破鞋子，沿着城墙走啊走，看到哪里不干净他心里便难受。

世奇画山水，全国的环卫处不少啊，有几个环卫处的书记画山水？山水与环卫，关系很密切，懂得环卫是什么，画山水一定不会太差的。画山水是要赏心悦目的，山水画到可居可卧游，多么清澄的世界啊，以此标准搞环卫，处处都是适合人类居住的。由此看，扫大街不仅是扫大街，扫大街能扫出笔墨来。

佛还说欢喜做甘愿受，人心不满足，大多是自己不能解读自己，假如干一行爱一行，从一行里见得道，天下一片太平了。

世奇生就笔性好，是否他从洒扫里悟出道？有时看见写字人终于耐不住寂寞了，拿出拖把来表演，世奇会觉得好笑吗？世奇从扫悟得道，那些人经营半生后才想起扫。

古意是一种质地，不是强求能得到。世奇山水学梅清、大涤子，世奇画不多，偶然示笔墨，气质有真古意。

尝见时人也学古，那种古不古，寿命至多是 1949 年以后以为的古。假古弥漫于画坛。

当然世奇并不靠画画为生计，他拿画画当修持，一而再，再而三，谁能料到后来会是怎样的局面呢？

世奇出画册，写上以贺之。

黑白之道

或者有人把杨小健的作品去当书写，我却更愿意把杨小健的作品看作是黑与白之构成。

黑白是天道，万物缘此而生息。黑白于国人，不仅是周易，也不仅是白纸黑字、墨分五色等，黑白是大道，黑白是中国文化之本源。

作为视觉艺术之绘画，构成画面的基本元素便是黑与白。黑与白可以不属于颜色之范畴，黑与白是天成的。因而黑白像生死与爱情，人类永远在歌泣。

小健起初是以书法之名义进入我视野，他写过比较规范的真书字，写过颜，犹记得他抄祭侄文。

构成与书写，小健的长处在前者。早年于书写练就的笔力赋予小健长于他人处理墨迹与笔道的能力与自信，小健自身有一个潜在的可能，就目前的作品而言，他已经能够自觉地把这个可能变成了现实。

　　小健超越常人的禀赋便是对黑白的经营与营造，他的作品没有被所谓的传统而限定，看似涂鸦的画面其实在他处理的过程中显得那么小心谨慎。他活在一个梦游般的艺术世界里，他穿越时空，像先人描绘图腾一般认真而理性地挥洒。不少人带着满身的泥土空喊国际化一体化，小健不必关心这样的话题吧，小健的作品已经脱离了世俗以为的悦目，小健的艺术是贡献给人类的，不是为某一个国度或民族。

选自《杨小健作品集》

送"豆腐"

陈楚自号豆腐僧，我只喊他"豆腐"，不把他与僧联系，因为他还在唐山做官呢。

那年我约画水中月，"豆腐"作《僧缸图》，着墨不多，下笔成趣。"豆腐"好读书，内心渴望文人画，关良、齐白石、韩羽、朱新建，全在"豆腐"的视野里。

想画文人画的人很多，驾驭不好时，直接就滑到江湖里。我愿意看民间工匠画，也不看那样的文人画，那样的文人画，有一点不像话。

"豆腐"好读书，好读书还要读好书，好书如佛灯，可以照自心。看"豆腐"画与题，常于平实见奇义。奇可以，奇怪不可取。

"豆腐"字也好，曾见他抄心经，跌宕起伏，一片生机。怀素抄过心经吗？从前以为抄心经须要一本正经的，见到"豆腐"抄心经才恍然，抄心经是可以跌宕起伏一片生机的。

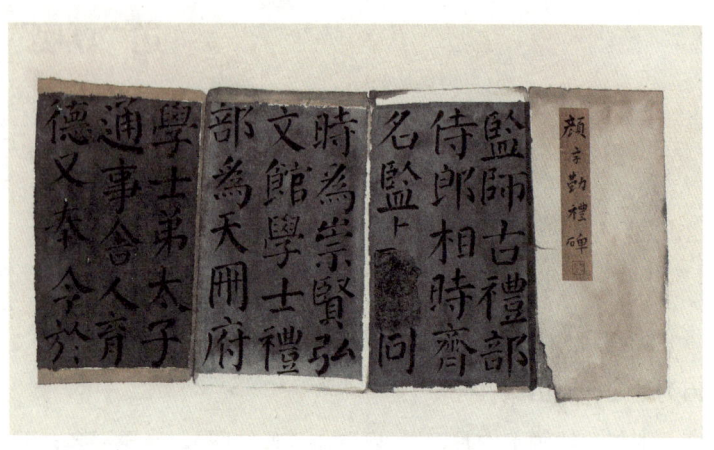

怀一　勤礼碑　38cm×60cm　纸本设色　2012年

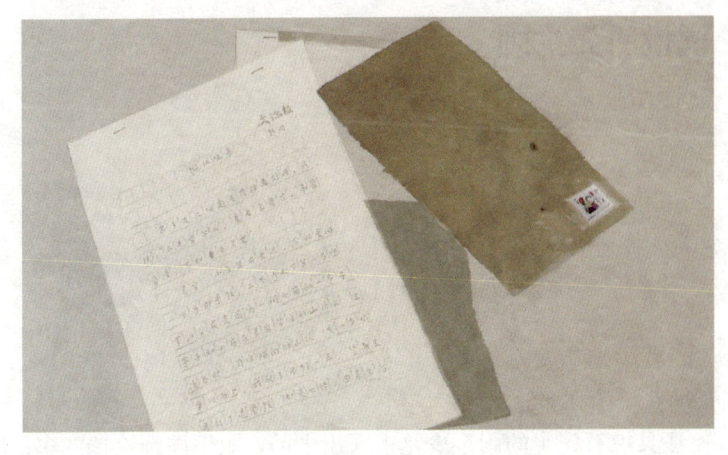

怀一　韩羽手稿　34cm×56cm　纸本设色　2012 年

读悦石先生画

　　吴悦石先生的画至少是书写出来的，眼下国画涂抹的多，就连描的染的都少见了。国画生态有问题，人们心里似乎懂，可谁又愿意耽误卖画的时光去练习书法呢？

　　假如黄宾虹没有那一笔字，估计他画画照样与后来学他画的那些人一样在涂抹。后来人学黄，大多是画个气氛便了当。

　　有人本来说是专门从事书法的，一落笔，也是涂来涂去的，问题出在哪儿？

　　北京的老先生，能以书写入画的几乎没有了。书写说起来不复杂，可是它决定你的画走多远乃至你年老后还能不能继续画。

《画风》总第 27 期

寄文军

　　前几年，去德国做画展，期间认识了黄文军。文军在德国一个山区小镇里开餐馆，他给我们吃火锅。

　　德国的面包是不错，香肠也可口，惜乎中国人只能尝一尝，吃多了，胃受不了。

　　文军在德国很多年了吧，人在异国呢，心还在大陆，乡土给每个人留下了抹不去的烙印。

　　文军喜欢画，他不关心德国画，国画是中国画人之母语，文军关心的依旧是中国画。

　　餐馆赚了钱，收藏中国画，是文军最大的人生乐趣了。文军藏了很多画，古代的，近代的，当下的，他喜欢，便藏之。文军是真藏家，只入而不出，他自己开餐馆，因此不必倒卖字画换吃喝。

藏以外，文军也画画，记得文军说，画画是他觉得累了当休息，把画画当休息，境界不得不在上。更多画画的，为钱为名忙，为画累煞人，值不值得啊。

山水与花卉，只要能开心，文军全入画。文军尤其喜欢请前辈给他题画跋，韩天衡、周退密都曾题过文军画。周先生题文军梅花说：老树新枝发古香，此身疑在水云乡。一从湖上归来后，别有诗情绕梦长。

文军的情结在中国，待文军归来时，约文军还去老地方。不醉不回家。

《藏画导刊》总第 63 期

读金珠画

那时我还住通州，金珠在通州一个学校教画画。

金珠开始画 1949 年以后的中国画，1949 年以后的中国画有什么好学的？我建议金珠看钱选与孙艾，至少看看恽南田或者金冬心。源头水清，再流逝，渠道迷乱，泥沙俱下，往往不知原形。

因此我不看好 1949 年以后的中国画。即便你要探索中国画的可能与未来，也须把一条线的源头找出来，才可以解得始与终。

后来金珠画冬心，也学一点陈白阳。进入一个你所未知的世界是需要时间和气力的，多年来，金珠历经了多少煎熬呢？是否也曾要灰心？我都要为金珠担心了。

任由自性地涂鸦是一类画；进入一个体系，遵循文化规律，掌握一种语言，再能得自心、应我手，那时的自由才有意义与价值。没有共识的个性是偏颇的，没有共识的个性是毫无意义的。

当然进入也不仅仅靠时间和气力，见过更多人，努力一生一场空。进入是需要条件的，除却天资、禀赋外，更须以内心去抚摸前人的画。手做是外在的方法，能够用心来抚之才是进入的最佳途径了。

叹服金珠的毅力，钻进前人的花丛中，一画十几年。

金珠画，同时也写字，金珠用在书法上的时间不比画画的工夫少。眼下可以画几笔就想换钱的画人太多了，谁愿意坐下来写字呢？

通州说起来是北京，不知为什么？通州人的心里有一座山，总是把他们与北京的关系来阻隔。你问通州人忙什么？答，刚打算去一趟北京呢。

我希望金珠能够翻越那座山，见识更多通州以外的中国画。

金珠要出版自己的第一本画集，嘱我能写几句话，我俗事多，只好写成这样了。

金珠是好人，心地又善良。那年我和粥庵住在东北角，金珠捧着一卷画来给我们看，遇我重感冒，卧在床上发高烧，金珠急得啊，帮我去烧水，帮我去找药，那个情景至今不会忘。

写给大丰师生展

大丰新建的绘画足可传世了。

一个画人的绘画能够传世，至少要具备两个条件吧：一是画好；二是画画人本身的故事多。人好画不怎么像样的画人，只是在你还活着的时候多买几张画而已；而一个没有故事的画人，同时也说明这个人缺少必要的甚至是出奇的阅历与历练。尤其在民间，老百姓不懂画，他们只会听故事。远处的不谈，只说唐寅、青藤、傅山、八大、郑板桥、齐白石、徐悲鸿、吴冠中，哪怕你就是范曾、黄永玉，不管你喜欢或者不喜欢他们的画，都不会耽误他们直接进入美术史。

大丰新建的绘画自然好，故事比唐寅那些人一点也不少。画好，故事多，大丰新建的绘画怎么可以不传世？

传世本身的意思是流传给后世，传世绘画的格调也有别。

如果闭着眼去抓取，一捞满手粪的机会也太多了。

已经是传世或者预见是传世的绘画总是会吸引后学来追随，有人学范曾，当然有人学大丰。画画学大丰的人真不少，某种程度似乎好像学大丰的人比学黄宾虹的人还要多。学大丰的画人一般把自己搞得有点命运多舛落寞失意的样子，一间小画室，信手涂之，呼啸天地——学大丰的画人多少都有一点小孤僻。

老农叫郭贵林，生活在哈尔滨，眼下数三九，哈市冷，会不会冻死人？那年元旦去沈阳改稿，一出屋外，寒风如刀。后来与哈市人讲沈阳冷，哈市人答：沈阳的冷不叫冷。哈尔滨人学画应该去找于志学或者画老虎那个人，老农却拜到大丰门下了。老农拜大丰磕过头，大丰收过几个磕头弟子呢？辛苦老农去查证。那年去了哈尔滨，老农带我去他家，记得是一个老式大板楼，穿过几层酸菜缸，顶楼就是老农家。大丰常说朴素与真诚，老农展出他几册画，那四个字对老农影响比较大。那时老农画写生，东北有什么山水呢？传世的山水画没有长白山或兴安岭。老农取小景，一个人、一间房、一畦菜、一棚瓜，一望到江南。老农一定有江南情结吧，否则他怎么拜大丰门下呢？老农画花鸟、画折枝、画高士。大丰画《八大写梅图》印象模糊了，老农画《八大写梅图》犹记得。我赠贾平凹《八大写梅图》，便是从老农那里学来的。大丰六字诀，除去朴素、真诚外，还有一个生机说。说生机，老农也是占先机，老农估计没有学过什么用笔的，用笔在老农那里就是使性子，老农看起来很憨拙，他直接把憨拙画出来就可以了。老农学大丰没有学皮相，取六字真诀做文章，老农那样的画看起来不复杂，画好又太不容易了。赞一下老农吧。

潘士龙、马辉在哪里？我还没有见过他们呢。两年前，有人从南京捎来书，有几幅取法石涛的山水颇动人，人影稀、山月寒，石涛的意思出来了。那些画是潘、马哪位老兄画？他们都在学石涛，书又不在手边，一时无法确认了。

山水大丰学石涛，有时他跋上说拟玄宰意，再看还是石涛法，大丰学石涛，只取生机来幻化。潘士龙、马辉拜大丰，没见到他们画大丰，就此也该赞一下。眼下不少人学这个学那个，皮像肉不像，似是而非的，寄生虫一样。

大丰看石涛，看到本质了，能学石涛的，惟生机二字也。潘、马二兄弟，我们一起"生机"吧。

2013 年 1 月于顶堂

选自《大丰师生展作品集》

癸巳岁尾重画院
修葺屋宇余与
二楼比三楼八方
语朗亮的乃文
楼一般无熟记
之日力甚胜昔
生矣 晤 怀一
大真楼房主人

怀一　百日虫　5.2cm×37.5cm　纸本设色　2014年

绘画与性别

我的女儿也画过，可是我以为她做一点文字更合适。

一般来说，女性绘画到了某一个生理环节的时候会停滞，雌性激素减弱，生机随之黯然。而那个年纪的男性尽管荷尔蒙也缩水，少安毋躁恰好使男人们沉浸到绘画中。男性在失去征服现实世界的理想后，往往将注意力转移到愈加虚幻的内心世界里。厚积薄发、老而弥艰，大器晚成，这些句子更是为男性画人造就的。

我看收藏

好藏是人的本能吧。鼠也藏，鸟还藏，好藏也不尽是人的本能了。

富而好藏，说的是项子长和项子京。项家富，为藏书造过"天籁阁"。"三希堂""石渠宝笈"所藏许多画作上钤一章，曰：项子京家珍藏。项子京玩过王右军、张旭、怀素，其余宋元明书画，在项眼里能订到三级文物就不错了。后人好藏者，谁不羡慕项子京？

另有一种藏——过眼即是福。如此说，收藏基本不消费，看看便算了。更有一种藏，叫想象，看也不必看，卧在床上想，心花怒放。

真正的藏是收藏心情的，美好的回味值几何？一分不值，万贯难买，谓之珍藏。

这么说，项子京、乾隆还是很土了，藏物质，多累啊。《明清藏书家藏书印》说，平心论，墨林藏事，多非好古心，本是乡间财主求保值。

藏哪里是保值，和时下的藏家说保值谁会高兴啊？收藏好比春江水，一夜涨过柳岸头。举例唐代"大圣遗音"琴，原为北京锡宝臣藏，1948年，王世襄、袁荃猷夫妇以饰物三件及日本版《唐宋元明名画大观》，再加翠戒指三枚换得。2003年，琴从王家出，上了拍卖行，成交八百九十一万元。王先生后来要钱吗？怎么急着出手了？好像同一年，唐代"九霄环佩"琴再出场，香港人何作如以三百四十五万元买来了。国人每有大聚会，常邀"九霄环佩"与李祥霆来登场，李视"九霄环佩"为天籁，价格呢？如今出到一千万美金了。

收藏眼下成大众话题了。不怀好意的艺术机构鸡猫狗道的，趁风扬土，大发横财，越是好拍的，越是假的多。白石存世画作不过三万件，大批藏在画院或美术馆，看看近年的拍卖图录吧，合计出现的白石画作差不多过了五万幅。白石死去半世纪，即使老人还活着，也很难画到这个量。

有钱藏的人不长眼，有眼的人没钱藏，收藏大约是这个规律吧。在中国，收藏更大的误区是图利，从画人到艺术机构与藏家，谁还讲道德良心啊。一个以金钱做标准的国度里，有什么艺术可以值得收藏呢?

　　曾劝身边有钱人,想藏从民国以前的艺术里选择吧。当下名越响,画越差。

　　　　　　2011年4月30日晨,为上海《东方早报》写

说《把玩》

南京老克为《东方文化周刊》所工作，他买过我编《把玩》书送朋友，他说他自己也好玩，希望就《把玩》一书谈一点感受。

老克电话称，把玩才是中国人的精神内核啊。我同意老克这么说。

老克给我一个选题表，其中有调查：说说你心目中的中国元素奢侈品？

中国元素的奢侈品，最奢侈莫过于听风赏雨了。中国人为听雨，种芭蕉于北窗，雨打芭蕉，平添一分闲愁。真愁苦煞人，闲愁倒是一种享受了。

凡享受大多要消费，钱多可以买游艇、养八奶，风晴雨雪不花钱就能享受到。

扬州有个园，个园深深，鲜有风鸣，主人为听风而造萧墙，萧墙孔连孔，风稍动，萧声起。闭关阁楼，把酒临风，在家做大王，忆楚汉，思曹操。中国人可以把玩风。

风在美洲密苏里是祸害，风在中国变成了：风雅颂、赋比兴，风骨、风韵、风神、风尚，一个风字，可歌可泣。

奢侈在内求，人贵，衣衫不整，风骨犹存；暴发户穿大牌，看里子是个乞丐相。

人无癖不可交，以其无深情；人无痴不可交，以其无真气。玩物丧志，是说那些不玩什么也不会有志气的人。

历代逢盛世，明君信贤丞而治国，帝王没事做，想尽心思去寻乐，不少中国文化甚至就是从玩乐里提炼升华的。如果帝王是昏君，没有好玩的事来消磨，他一门心思来治国，这个国家很快就完蛋了。

把玩真正的意义不是玩一个物，把玩是通过一个物玩自心。赵皇帝请南海的官员去岛上接朝雾，然后灌装在瓶子里，几经跋涉，南海朝雾进了宫，赵皇帝请群臣来赏雾，自呼朝雾为供云。其实呢，雾早蒸发尽，哪里有供云？赵皇帝这么玩，就是最中国元素的奢侈品。

再说编《把玩》，初衷是我好玩，好什么做什么做好什么是人之常情吧。可是想做好一个事给人看，活活能累死做事人。苏州秋一的奶奶说，要面子，翘辫子。辫子一翘，头也落地。理想的把玩局面是有一批好玩的人每天鬼混在一起，随便玩玩意思就出来了。问题是我还找不到能玩的人，自己累半死，逗别人开心了。

读者问二期《把玩》什么时间能出版？现在该回答这个事情了。二期《把玩》请了振羽兄来编辑，发排时，发现问题还很多，怎么改？皮球又踢到我脚下。《把玩》第一期，印刷、纸张都不好，后来再重印，造价涨一成。二期《把玩》直接换好纸，成本相应也增加。成本增加后，单册定价也提高了。

一期《把玩》时，版权由二月书坊总授权，二期《把玩》时，出版社改政策，凡作者必须提供身份证复印件，一人一件，不能马虎。问题马上出来了，《把玩》所选之图文，很多是从博客里选择的，有人连真名都不愿署，怎么会给你身份证？文字还选择了徐渭、鲁迅、苏东坡，到哪里找他们出示身份证明呢？

问题是问题，还不能和问题急，本来是玩的事，气坏你人家都跑掉了。怎么来解读问题呢？怎么来解读体制呢？其中也要玩味的。

说镌刻

那次去南京很匆忙，宜兴的小史说画紫砂壶，房间的光线也不好，于是以洗面台当案头画起来。

等画好，小史讲茶壶要出书，得便时依旧要给他的书写一篇文字。我疑虑，刚才画的茶壶是否有一点草率了。

我喜欢闲得实在没什么事情的时候才画画，赶着要做什么事，往往多疏忽。

从我见到的制壶与镌刻，一代比一代不如，尤其现在的壶，看着齐光，确是没有一点人情味，我把这样的壶看成工艺品。过去的茶壶看起来不是多么整齐的，过去的人取气韵为第一，现在制壶人不少，大多着力于表面光。

一把茶壶本来不错，最好不要再刻画什么了，再刻画，即添足。可是人们总贪婪，觉得好上可以加好的，凡事一过头，无法补救了。后来出现一个说法叫"金石气"，受"金石气"之感染，民国以后的刻壶大多像一个农民在刨地，一望荒疏，有失文质。过去的茶壶不是很光溜，镌刻倒是很板正，一刀一刀，刀刀见笔。我个人喜欢那种深刻的镌法，曾见冬心刻扇骨，漆书四字，字口直下，深欲破竹。清末民国，人心躁动，镌刻有了毛刻或浅刻，毛刻、浅刻，用刀浮滑，效仿水墨意思，与国画争功，自此镌刻一路颓败，满眼江湖。

我镌刻过图章，臂搁四面，茶壶三百余，又端石、瓦砚、泥炉、佛座题记等。我于镌刻，有所体会，即是宁要深刻板正，不要毛刻与浅刻，更不要所谓的"金石气"。

"六法"以气韵为第一，"六法"里没有说什么"金石气"，如果"金石气"也算一格，那个格也不算是高格。我看所谓的"金石气"，其实就是江湖气。

辛卯刻竹记

金银财宝是给公侯王爷们玩弄的，读书人崇尚俭，满山的竹子忽然进入他们的视野了。

竹子亲近人，只要你去抚摸它，给竹子以温暖，竹子也可以回报你，色泽渐次深入，直到像琥珀，伸手摸，竹子绵滑，感触如婴儿面。

哪时起，竹与文发生了关系？《吕氏春秋》有罄竹难书，更早五百年，战国时，竹简已经被当作书写材料了。竹子能造纸，竹子可成船，国人把竹子用活了。再后来，有人将竹品比人格，形直正，胸虚怀，竹子生如此，君子做来也难啊！

日本正仓院藏有唐人刻竹画，宋郭若虚《图画见闻志》载：唐德州刺史王倚家有笔一管，刻人马、毛发、亭台、远水，无不精绝。元陶宗仪《辍耕录》记：詹成者，高宗朝匠人。雕刻精妙无比，尝见所造鸟笼，四面花版，皆于竹片上刻成宫室、人物、山水、花木、禽鸟，纤悉具备，其细若缕，且玲珑活动。竹刻画，唐宋即有之，惜传世者少，今不复见。

可以把玩的器物里，竹子是最与人可亲的。瓷器不能玩，曾见一个人在藏瓷的案几上写纸条：请勿动手。瓷碎心也碎，道出藏瓷人的心思了。金银器也不宜抓手里，一抓一印痕，擦不去，看着像乞饭碗。其余石头青铜陶器，没有一样能把玩，尤其是石头，玩不好会砸自己脚。玩竹子和玩瓷器不一样，竹子旁也可以写纸条：请您上手摸。竹子喜欢有人摸。抱起一个宋瓷来，人心一直是揪着的，举起竹子玩，心情便不会那么紧张了。陈从周论玩竹，云：日里摩挲，夜藏被窝，古意渐出。

说把玩，首选玩竹子。

从前，写字人担心汗水玷污纸，又担心把写好的字蹭到，缘此取一块竹板垫手臂，垫手臂的竹板称臂搁。有人把臂搁称搁臂，臂搁搁臂同一物。书写方式改变后，臂搁几乎没用了。眼下写字的，大多写大字，写大字要站立，或许案头有臂搁，也只好是个摆设了。伏案书写时，才会用臂搁，辛卯所画竹，一律是臂搁，钟情刻臂搁，是想要自己坐下来。

竹子画好了，邀请吴门人，张泰中镌刻，秋一来抚摸。刚刻过的竹子形枯槁，摸着粗，丢到街头去，会当作劈柴看。摸竹子秋一是高手了，干裂的竹板给他摸，一夜回到三十年。

苏州有一个老干部，退休也不能没事干，于是取出印章玩，越数年，一堆破寿山，摸得像镜子，人见人爱之。老头养石头，石头养老头，相看两不厌。

秋一摸竹子，摸着摸着，叫出一个口号来，曰：要想死得晚，每天摸竹板。

玩物有时不是玩物呢，玩物应该是玩自心。

《呼风集》序

怀一　题诗图　50cm×34cm　纸本墨笔　2013 年

怀一　开张大吉　55cm×35cm　纸本设色　2012 年

《纸上江山》后记

　　我几乎做了二十多年的编辑，此刻依然，差不多每天都做着和书相关的事。编书的事虽然辛苦，但我有这样一个情结，奈何呢？以苦为乐，我常常用修行人讲的这句话来慰藉自己。

　　所谓《纸上江山》，是我不自量力那么一说，后来我看到许多人也叫这个江山那个江山，我暗里窃喜。书中搜罗的大部分画作是我近一两年的积累，所画内容以佛道人为多，有人问我信佛？我说佛也信我。

　　画余我偶写一点文字，其中所编有十多年前就刊发的，也有我刚刚急就补充的。关于文字，我持这样一种态度，叫作有话好好说就是。现在，我像一个手艺一般的厨子，把这些杂七杂八的东西放在一锅来煮，有时连自己都闻不出到底是什么味道了。

好在前人说文章千古事，仿佛书里有不如人意处也可以原谅自己。

　　往往说感谢这个感谢那个，或送给这个送给那个，我感谢谁？送给谁呢？似乎也太啰嗦。这个年代，大家都忙，不把你的书直投到垃圾桶就算给你面子了。

编后

茶

城市里只有自来水，怎么寻味陆羽当年取水烹茶的风雅呢？有人在楼房里安一口缸，以竹管连接自来水龙头，仿佛楼居出山泉。

还有人把自来水引到楼台的屋顶上，水从瓦沟泻下来，效仿天水入户的样子。

凡此取水，想法是不错，可是折腾多，与喝茶本意是相悖的。

清人画茶事，跋：梅花雪水活火煎，山中人兮仙乎仙。可见梅花雪水烹茶也一绝。

清人所称的雪是两百年之前的雪，如今城市里卖的山泉水都不可信，城市周边的雪还能烹茶吗？

《茶经》称井水为下品，是因为那时的山泉太多了。今天哪里还有井，马路边的井是下水井，山坳里的井是矿井。

南方产竹炭，无烟或少烟，居室煮茶最适宜。过去江南人点火盆来冬烘，一可取暖，二可烧水，一家人围坐，畅叙亲情，其乐融融。

紫砂壶会呼吸，泡茶不馊，冬天注热水，可以当手炉。阳羡吴冠南案头有一只一手壶，珠圆玉润，光可照人。

茶事简单了好，一人茶，无须演，一壶一盏最坦然。

大吃二喝叫酒席，答谢晚宴叫宴席，眼下人风尚摆茶席。

更有一些人，家庭出身并不高，他爷爷在旧社会，估计连饭也吃不开，到了他一代，连爬带滚混到城里来，翻了几页说茶的书，便开始以摆茶席当职业。

不少富大奶或富二奶呆在家里没事做，忽然遇到连爬带滚混到城里来的穷孩子在演摆茶席。富大奶或富二奶学茶席，顿时觉得自己像活在艺术人生里。

茶楼里往往挂横幅，书"禅茶一味"，每见此四字，总以为禅也不是禅，茶也不是茶。

过去百姓喝大碗茶，条件稍好的农民喝地头茶。

喝大碗茶的环境里见不到禅与味，恰恰他们离禅更近些。

石

古人于玄关处置赏石，一是添画意，二表示主人开门见山、磊落直爽的性格。

古人说拜石，一是拜诚信，其次才拜寿。

马路边的石头是顽石，屋宇下的石头叫基石。陈设于案头的石头叫赏石。同样叫石头，命运造化不尽同。

未经雕琢的石头是绊脚石，一经雕琢的石头便承载了历史与人文的印记，所谓藏石，其实是人类用自觉的文化意识珍藏自己的记忆。翡翠、玉石只属资源，怎可与人类的记忆比之呢。

一木一石，一动一静，正是国画里的花青与赭石。青为天，赭是地，一冷一暖，四时交替。

竹

国人用竹到极致，大到修园造境，小到筷子牙签。竹子直而虚怀，前人把竹比做君子。竹子实用，计数：竹楼竹排竹椅竹床竹梳竹筐竹桶竹勺竹铲竹矛竹栏竹笼竹马竹笔竹刀竹扇竹帚竹篓竹杖竹屐；作纸有罄竹，乐器有丝竹。竹之可贵，还是美食。衣食住行，风雅韵事，处处有竹。

选自《大匠之门》2013 年第 1 期

《画风》总第 27 期

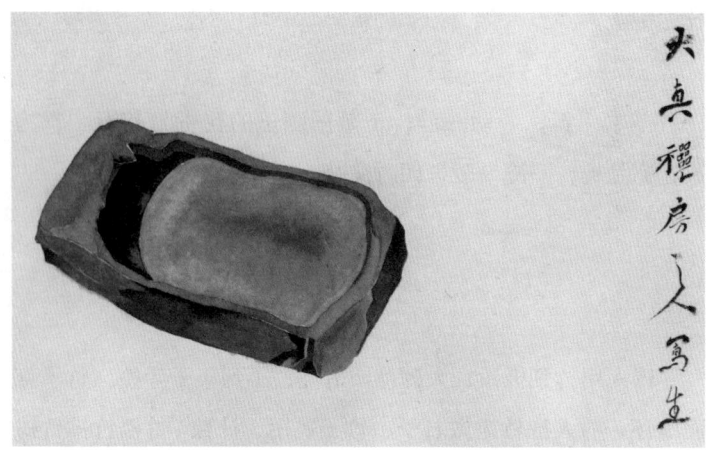

头真禅房人写生

怀一　砚　34cm×50cm　纸本设色　2013年

怀一　多宝塔　38cm×60cm　纸本设色　2013年

千鹤夜话

人家题跋说戏墨，若信此，必然会荒废。

白石言：案头小品，架上雕花，壮夫不为。白石雕过花，随身法器有龙头杖与药葫芦。

后来人想斯文，结果窸窸窣窣的，连白石那点爽快也没有。

自信的人很多，让他人信服的人太少了。

君子们佩玉，我配石。

世事如月，缺多于圆。

苏子云作文：开头难，中间行云流水，末了当止则止。凡事莫不如是。

黑白是永恒的，一如日月。

时间是决定一切的，又有谁在意，时间一秒一秒地过去了。

铁凝问韩羽，如何是深入生活呢？韩羽答，先深入内心。

丰子恺写儿童，鼻孔里常常是挂着"一朵"鼻涕的。一朵比一股一缕更传神。如果写成人，说鼻孔里常常是挂着一朵鼻涕的，八成这个成人是不成人样的。

贾平凹写名字是"名子"，一般的编辑都会把子改成字。

某兄文没挑剔，读着却是寡逼淡水的。

内蒙古有一个地区叫什么？想过一天才记起，巴彦淖尔。

心情是什么？说是说不清。所以一个词叫会心。

好的东西有规律——怎么看都是舒服的。

川地木雕，什么人雕琢？意思和梁楷、李公麟有一拼。

插图似抹粉，质地不好，粉能掩饰。质地不错，粉是蛇足。粉再好，不能多涂。

金圣叹临终前与其子言，花生米就豆腐干有金华火腿味。

前日吃小萝卜就火龙果，味道像鸡屎。

马远画水境，风缓，水面的波纹是圆弧状；风起，微浪，波纹随之成三角；风烈，吹大浪，水花如雪，八面飞扬。

马远识水性，水也滋养马远的笔，互为知己，层层生发。

时人评画说松紧。切记得，画画不是系腰带。

出门七百里，一览无余。放马两百，到西京。

品稻送三叶虫化石，回赠喜蛛图一纸。虫换虫，门当户对。

昨夜药朋来，说起花鸟画。自缶翁，下笔失之精微、误入老辣。一味老辣，容易假大，好比一地象骨而不见象。

一股春水，玉兰正放。

满眼尽是小这个小那个，所学不远，惜更不化。

化功靠质地，陆俨少、梁树年早年拟古好，一旦求脱，面目全非。

究竟要化不要化？看你怎么化。

陆俨少学古有模样，出新画峡江云水时就完蛋了。

书不论多厚，有用的不过三句。记得再多，就成了单田芳。

北鱼云，时人凑热闹，尽说八大好，怎么好？谁能说出道道呢？

北鱼云，八大画鹿，还是民间样。

逸笔草草，不求形似，只是说辞。古往今来，近此道者不足一二。

青藤草草者多，偶有逸笔，真高格也。八大逸笔，绝非草草，形神兼备，法度森严。

逸笔草草，不求形似，配北鱼画。

伟平说：我画的都是基本功，不少画画的人，基本没有基本功。

工笔画要写。工笔画旨要不在笔工整，画工笔须先态度端庄，以工心而绘之。后人以为工笔即描一个轮廓复渲染，真是匠作。

画事入迷途，缘自不画画人瞎掺乎。尤其理论家，自己画不来，天上地下，东拉西扯，一筐废话。
作家评画，亦多废话。

说自己是一笔画的一笔画一般都不是一笔画。

看过八大画，再看㧐叔、缶翁就像老干部画。

察清人花卉墨范，虽匠作，比张小八、于非庵而入格。

宾虹、白石画，看点仅在生气上。人须要生气，花木也须要生气。生无气，仿佛跌入黑洞里，绝望与死亡在恭候你。

雨儿胡同访白石，中庭空余一铜像，神色落寞，仿佛乞丐。

赵佶、子昂、钱舜举，中正雍容不失生机，成就文人画之经典。

一味求生气，有失书卷气。一味求生气，几乎鲁莽气。假使去打仗，先死的人都是鲁莽气。

大象无形真的无形吗？大象真无形，再说大象无形便啰嗦了。

霍去病墓看石雕，座座巨石，仿佛壮士，一片浑茫。赞叹汉人手段，小件如印纽，悉心经营，传神高妙；大件如石雕，板斧劈出，气盖山河。

说汉唐，惯以粗犷、豪放来比喻，汉唐精微处，后人有眼而不见。

北齐造像，面面凌厉，雕工尖削，好是好，却是斤斤计较了。

青花、粉彩百般好，比不上单色瓷。

仰观宇宙之大，俯察品类之盛，所以游目骋怀，足以极视听之娱，信可乐也。右军先生说得对，敬你一杯女儿红。

十八年前到兰亭，兰亭在十八年的夜梦中。

欧洲人踢球是艺术，愿意看足球，不愿意看画展。画人的手比不上球员的脚。

一篇好文章，单看每一个字也漂亮。一堆破烂不堪的字，如何拼出好文章。

很多事如此，你以为完整了，他看去还有缺憾。

少年好古，老年出新。人的一生，总是折腾。

子安体弱，对付石头；我身粗大，玩一张纸。

东洋人赠《茶经》，分二卷，旧藏者钤章：余舍秘笈。复查"余舍"名，无消息。余舍即我家，于是不再考。

大雨浇夜梦，醒，初以为有人拉抽水马桶呢，再去听，就是雨。

一边听雨声，一边翻《茶经》，择水一节，云：山水上。江水次。井水下。山水乳泉漫流者为上。瀑涌湍激勿食之。食久令人有颈疾。取江水。去人远者宜。井水宜取汲多者。如蟹黄混浊咸苦者勿用。

《十八的姑娘一朵花》，油画，纵一米，横八十厘米，2000年，大丰朱新建绘。2007年，此图嘉德拍卖五万元，辗转数

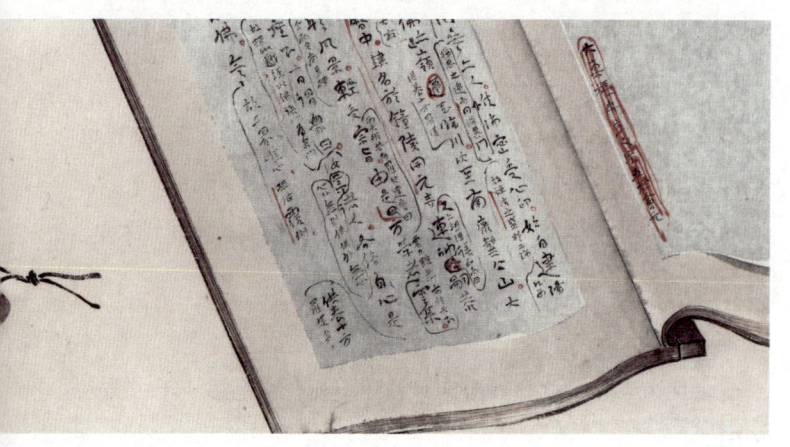

怀一　校书图　17cm×68cm　纸本设色　2013年

年久，今，《十八的姑娘一朵花》入书坊藏画录。张帖以贺。

大丰在网上给自己注册名"老年痴呆议会会长"，发言也是：呆以为——呆以为——

大丰病，去看他，问他是否呆以为？大丰说，呆，不呆。呆，不呆。

余挽大丰作：化释禅至肉身新建不死，留笔墨于千古美人依旧。

客东四八条，拟四言联四：围炉吃茶，推窗看雪。松间数鹤，坡上放梅。敲山震虎，打草惊蛇。抄野庙诗，折江路梅。

顶堂藏两口青花大卷缸，直径四十厘米余，高不足五十厘米，2006年，大丰绘于景德镇。一缸绘沂蒙山红嫂奶自己人，一缸话五灯，说吃茶遇到干屎橛。韩羽有言论大丰，艺高人胆大，此二缸足见矣。我给二缸命其名，曰《双清图》。

顶堂藏鼓凳，明代黑陶造，中空，伏天能祛暑，冬天置入火盆可取暖。鼓凳天地环乳钉，挺拔圆融，儿童见之欲吸吮，成人见之竞相抚摸。

为艺须要技，技由践行后而悟得。实践得来技，如同须发长在身体上，抄袭所得技，好像光头戴假发。

"现实主义"在中国，基本等于放屁呢。

胡石生于丁酉年，点同年画人八名逢鸡年做画展，展题称："鸡年八人展"。边平山略其名，直呼"鸡八展"。李老十遂画鸡卧芭蕉林，题之曰《鸡芭图》。

杭州展余呼风集，要收摊，天上忽然风搅雨，集贤亭被吹翻。

普陀山香客多，香炉像火炉。人人求佛提条件，福禄寿，官运财。佛祖忙，哪里顾得上。建议求佛到荒山野寺去，那里佛比较闲，你求佛，佛高兴，有事找，佛祖专心给你办。

繁峙岩山寺金代碑，字法平正而俱奇骨，细察无拓痕，为世人所不知。

应县释迦塔，辽至民国时，凡匾额一律白底黑字，惟一层入口处"古今观瞻"匾，青色底，泥金字，疑是1949年后而为之。

焚香有几种？闻法、礼佛、熏衣、祛蚊、除臭、探须弥。

象与具象，其中有个度，过之成涂鸦，不及又被形所囿。喜欢尚扬画，恰在刻度上。

李可染说打进去再打出来。霍春阳说进去很舒服，出来干什么。黄永厚说风子，人家没进去就出来了。

禅说冰上生烈焰。了庐说，画不光要文气，更要英雄气。

武艺说画还是要有形，去形只说神，空余神乎其神了。

李津说，一平尺卖几十万，等于藐视人民币。

兰亭陈德洪，书、画老而放，格不在缶翁下，余藏其《鉴湖图》，每展卷，八面生风。

少有人提及傅山画。傅家画山水，比石涛更出新。

傅山是明晚人，看他画册页，展卷清新，睹之不忘。有人还年轻，作画一纸暮气。人是新的，画早已死去。

多少年过去了，理论家在演说写生啊创作啊，生活啊高于生活啊。苍白如死人。

一个展览以强调书写为题目，前言宏大，玄之又玄。看画作，无一人能以书写而入画。眼下人作画，懂得描绘就不错了，更多人作画，像是和宣纸发火呢。

只是新，不能说明什么的，新生一个孩子有脑残，父母一定会沮丧。中国造出一款新奇瑞，去德国换人家老宝马，德国人会愿意？新，是问题的一方面，只是新不够，新的必须好，新的不好能有什么意义呢。

叹服卖画人，一边算计钱，一边和买画人通电话，一边还画画。

一个老板说他想开了，钱，花了才是自己的，于是每天吃一个西红柿。

藏之最深的不是物，所藏至深的是心情。生前纵然书万言，所言仅是客套话。最想言说的，往往被一把黄土覆盖了。这就是人。

沂南有汉墓，早被盗。1954 年，政府开掘，一看没东西，复填埋。1999 年，国人旅游热，政府再挖掘，开发成旅游点。

沃尔夫冈·顾彬言：眼下的中国文学在德国被划入人类最庸俗行为的范畴里。意思和大陆扫黄一个样。沃尔夫冈·顾彬说，中国人忙着挣钱喝酒吹牛逼，哪里有时间琢磨文化呢。

美国人以为没有信仰的国度最可怕，悉数近年的战事吧，所有战争都是具有宗教信仰的国度发起的。中国人可怕吗？美国人也不是好东西。

夜梦一片水，波光粼粼。据说梦水会发财，可是水里已经泡满人，看来，这笔财早被人抢去了。

耶稣、穆罕默德、释迦牟尼遇到一起的时候估计先握手，之后也会喝一点酒。

越是不要脸，活得越体面。

一是一，二是二，三是三。你是你，我是我，他是他。

有时候，一不一，二不二，三不三。你不你，我不我，他不他。

人人琢磨一是二、二是三、三是五、五是八。很多事情已经远离本质了。

夜梦入空城，房子那么多，家家黑着灯。于是想：假如十三亿人全移民，剩下几个领导人怎么办？

小道消息称，有些人快要完蛋了。我不信。你很快完蛋了，人家也不会完蛋的。

我们的土地可以卖，卖给你一个时间段，五十年或者七十年。这样的买卖像什么，好像你从超市买回一块肉，等到肉煮熟，超市人来找你，时间到，对不起，肉是我们超市的。

怀一　梅花蜗牛图　29cm×31cm　纸本设色　2014 年

人生很多无奈，化作光阴。

牛腩二斤，切方，入温水，撒盐泡洗，上锅，十椒五枚，八角三粒，生姜数片，盐少许，文火清炖，本味即出，四邻闻之，皆咽口水。

爝大虾，阿根廷红虾十头，解冻去线，八角一颗入原水泡，三刻钟后入锅，撒盐，文火煨，水尽淋明油半勺，加锅盖捂，明油尽，虾头油出，头油又尽，虾由红变白，起锅上桌。

杭郡吕兄说，影视圈文艺圈收藏圈学佛圈瑜珈圈修禅圈茶道圈闻香圈珠子圈插花圈好友圈最后都是花圈。

静物

　　静物是静止的，静止不等于死，画静物目的在于赋予静物以生命。画一个萝卜，只是一个萝卜，萝卜也不会满意的。反之，看画也不只是看一幅画，看画更要看背后那个人，那个人才是画之魂。

画二水

《藏画导刊》拟征稿，题目作画《二水图》。

二水看似无厘头，再想说法也很多。大处说，长江黄河是母亲河；小处看，一个龙头有冷热水；居家须有上下水。再则呢，说水不见得要画水，天边有朵雨做的云，一朵云即是一片水。

我的岛我的湖

露台是我的快乐岛。

世界上最大的湖在哪里？世界上最小的湖在我的露台上，湖虽小，可是生态十分好，细数，泥螺二十颗，虾子三四枚，蚯蚓一二根。

卧游我的湖，想象漂泊在洞庭上。

看烟

　　客临沂，得汉代灰陶博山炉，炉曾施薄釉，已脱光，内壁有残迹，依稀为绿色。客散去，焚香验炉。

　　烟未起，只看炉，烟一起，看心情。烟无定势，忽而直，一如大漠孤烟；忽而曲，宛若娥女裙带。

　　一缕烟，可比大丈夫，伸屈自如。亦可比须弥，恍若五蕴皆空。

文庙

早年见妙须，那时他还住什么寺。聊啊聊，后来聊到庙，说钱多了可以盖一个庙，正中坐文殊，两侧立孔子和老子，再往下，钟太傅、王右军、韩愈、李杜、颜鲁公、吴道子、范宽、李公麟、苏东坡、赵皇帝、梁楷、法常、赵子昂、钱选、董其昌、八大、金冬心。往后选谁呢？白石、黄宾虹只能算护法。

鲁迅呢？请进革命博物馆。

后来看《荣宝斋》，妙须常在那儿做广告，他卖画赚钱了吗？是否还记得建文庙？

怀一　古尊者相　72cm×38cm　纸本设色　2014 年

冷暖自知

全球变暖是一个说法吧。全球变得该冷冷、该暖暖。

家人想去马耳他，旅游公司说海平面在提高，再不看马耳他，他就沉没了。

新西兰一个渔民连续测量数年后宣布，近二十年海平面变化不太大，潮来涨，潮去降。一如既往。

老杨说他开车好，问如何好？答：该快快，该慢慢。

老杨说得对，该慢时快，肯定掉到沟里了。

年关

　　每到年关，总是感叹：岁月无情，时光荏苒。

　　什么可以永恒？

　　生不带来，死带不去，量你能活一百岁，不过三万六千五百日。

　　放下便是神仙。

学书

学书不敢临二王，王字太完美。

有人做事到绝处，后来人没有空间再插手，再插手，简直是添足。仿佛月满，再补呢，月亏了。

王羲之学过钟太傅，于是找他的老师学，一时得意，拟凿闲章，曰：曾与右军同窗。

钟太傅是大尊者，唐以后写楷字，多从钟太傅处受益。

冬烘

委员们一离京，供暖随即停下来，人一走，家就凉。

天阴沉，据说午后会扬尘。日本刚海啸，核电站也毁了，据说辐射已经到沿海，不日北京也遭殃。辐射什么时候来？等得好心焦，辐射再不来，有人要射了。

满目起寒意，开始点炉子。金砖、木炭是苏州友人置办的，冬烘时想起程秋一，泰中还好吧？与九妹通了话。星星呢，她家住东山，东山的青梅花开吗？杨梅晚于青梅开，估计要等到五月了。

五月时，北京的杨花飞满窗。

参汤

大连参三只，开水唤醒。葱白一段，青菜少许。

橄榄油炝锅，烧出葱味，注水，水沸时，下参段，文火煨之。

越半刻，撒青菜，略施碘盐，明油一滴，汤成。

暖意

天冷正好煮热茶。

请津门人给佛爷包了金，佛爷一下笑开花。

抱着佛爷喝热茶，听说北约开始打利比亚，打啥啊打？

天机流动

　　读大丰画山水。微风冷雨，一水人家，仿佛天机流动，空气质量为良。

　　很多山水画像沙盘，更多的山水像垃圾场，有生机的山水画很少了。

云冈即景

　　云冈石窟的生态变好了，树一多，石窟忽然好幽深，我看了高兴，想象佛也不会不高兴。

　　我看云冈石窟，不是一级文物，也不是什么遗产。云冈石窟是我的长者，一窟一窟的佛陀，是我熟悉的爷爷奶奶。

得到

困了睡，饿了吃，累了歇歇，本来常识、人人能做，可是谁能做到呢？

祥夫喜欢"春随香草千年艳，人与梅花一样清"句。如今哪有梅花一样清的人？如果有，给他吃给他穿给他当家奴。

我乡一个王八得到了，据说不少小王八跟着吊在半空中。祝贺这些王八们。

不尽山房

不尽有无尽意，述之多余。画《不尽山房》，只是皮相。不尽怎么画？傅抱石曾画《江山如此多娇》，娇不娇？人家告诉你，如此便是娇。

虾房

虾养在一个水盂里。水盂似乎小，养虾米很宽裕，到底多宽裕，举例，比如一个人住房面积达到四百平方米。2010年北京公布人均住房面积为三十五平方米，厅局级待遇高，人均住房面积也不足一百平方米。北京的厅局级干部怎么了？混了一辈子，住房面积还不比我养的虾米呢。

高铁

　　美国东部雪大啊！一个美国居民说：不要操这个心，谁能管得了天。美国人随便一说即真话。

　　中国忙着修高铁，测试时速度为九百二十里，开通时速为七百二十里。十三亿人口，平时还闲得慌，跑这么快有什么意义呢。

　　欧洲之星 ICE，起初时速也达三百多公里，两起事故后，伤亡百十人，ICE 在欧洲限制速度了，平均时速为二百四。

　　又：两周后，温甬线列车脱轨了。

画房春住

见水插碧桃，到处留春住。春住不住，看心情。

竹友

　　去岁修缮房，竹子多出来，移到中霞画屋去。

　　今年访中霞，见到我的竹，虽隔百十天，竹子像老友，依旧如故。

　　我的竹，不生不灭，不净不垢。

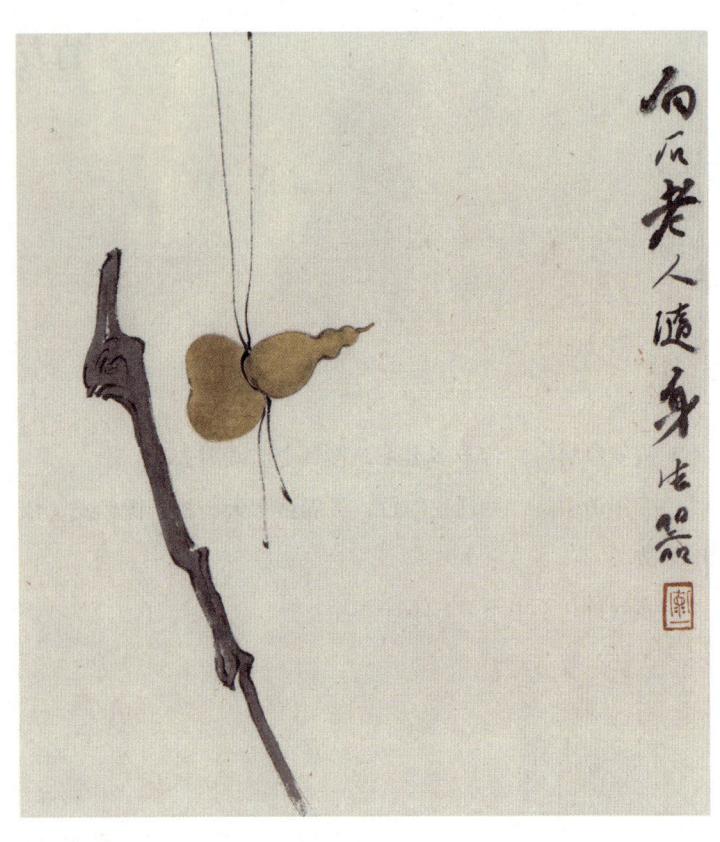

怀一　白石法器　34cm×40cm　纸本设色　2013年

卧倒

卧倒好处有二，一是看天，二是亲地。

看天人多，亲地人少。

歌词唱："我们都是飞行军，……每一寸土地都是我们自己的。"

我住十七楼，十六楼房顶是我自己的？

卡

不去理发店，原因有三，一问你办卡吗？二问你有固定师傅吗？三问你干洗水洗？

被卡卡住的事情很多了，持卡人找不到办卡人经常会发生。固定师傅呢，也是说说的，谁能固定了谁；原来以为干洗不要水，后来才明白没水洗不起来的。

剃头师傅全瞎话。

写在"六二"

鲁迅说：救救孩子！

聂绀弩说：孩子，救救我们！

我喜欢第三句：你救你自己，孩子不用救。

死人怎么救活人？将死的人谁也救不活。

费县石

　　费县石，比太湖而端庄，比灵璧而雄浑。费县石不宜立，平铺最见势。费县石可安庭院，坐卧吟读，俯仰天地。

　　下蒙山，过费县，于道边拣拳石，高不过尺，八面玲珑。费县小石头，您等我多久了？

草长

草长得像画图，一波而三折。

主干重而枯，次干淡而湿，去岁今春，老幼分明。

草与石，一动一止，下笔不同。

国画墨为主，出笔状物，物性我性，我性物性，笔笔呼应。赋色两种，赭石花青，青作天；赭为地。西画说冷暖，一冷一暖，花青赭石是也。

笔过处实，不到处虚。虚也实，实也虚，计白当黑，此处无声胜有声。

画折枝有感，信手记之。

蝈蝈

　　兰花开时，世奇来，留下两只蝈蝈，一大一小，叫的声音也不同，一只嘎嘎嘎，一只挲挲挲。

　　两只蝈蝈不叫的时候都不叫，叫的时候一起叫，一只先叫起，另一只跟着叫，一细一粗，一起一伏，仿佛一对情侣在吟唱。

　　蝈蝈是谷雨前孵成的，据说能活到中秋节。蝈蝈哪里知道它的寿数呢，现在它还在叫，一只嘎嘎嘎，一只挲挲挲。

文化蛋

临沂李总有养殖场，推广本草食品。李总养一种鸡，鸡吃一种草，然后鸡的心情特别好，生出的蛋自带一种茶叶味。意思这种鸡，直接会下茶叶蛋。

不仅味道好，李总强调说，我的鸡蛋会跳舞。

曾到鄂尔多斯去，一个风景区广告称：这里的沙子会唱歌。鄂尔多斯的友人说，这里的沙子不光会唱歌，还可以煮鸡蛋。

李总说，用他的鸡蛋敲桌面，鸡蛋会像一个乒乓球弹起来。

鄂尔多斯的沙子怎么歌唱呢？大风起，卷黄沙，顿然风沙齐鸣。

把李总的鸡蛋送到鄂尔多斯吧，请沙子鸡蛋去歌舞。

朝露

北方干，不好养菖蒲。

谁堂要寄菖蒲来，嘱咐花盆下接水盆，水盆的意思好比接地气。

诸城王老爷养菖蒲，问他怎么养？他说要见风，风比水更重要。道家也讲风水，风在前，水在后。记得在峨眉，天无雨，山风卷白浪，沥沥湿人头，风即水，水即风。

北方注定是干燥的，菖蒲还未到，先打听加湿器，模仿朝露来喷雾。

一边是菖蒲，一边加湿器，一幅《钟馗嫁妹图》。

声音

不提北四环，几乎忘却了车流声。

早年客通州，楼上住着一对新夫妻，夜夜发出快活声。偶尔在街头遇到那个新娘子，长得很良家，再看新郎呢，瘦弱的样子像书生。

动物里，人的听觉系统比老鼠还要差，然而人可以有文字，记述有一种声音叫"天籁"。

贾平凹写过一本书，书名是《制造声音》。制造声音不是说工厂出产品，机器马达在轰鸣。平凹描写了一棵树，风起时，树会发出各种声。我乡一个人，在北京做噪音，他把做好的噪音卖给录音棚，有一些摇滚里要配噪音。

曾住恭王府，夜半风起时，风吹树动，像一个女子在抽泣，又像一个女子在呻吟。深秋，叶脱尽，大风卷落木，萧声起，浩浩荡荡，犹如万马千军。

听不到声音时，人也就脱离社会了，所以央视被当作喉舌看。

试想，一、不听领导讲话，二、不关心楼市物价，三、楼上有人叫春也不为所动，四、你就会变成仙人。

春色难留

大丰书青花：春色难留。

其实秋色也难留，四时风月，最留不住的是人本身，一张纸，也比人的寿命长。

赏心不过二三枝。苛刻。佛门看世界，种种好。湖州人说叫花子吃死蟹，只只鲜。叫花子的境界与佛比肩了。

佛门说和尚，只是不著力，著力便不是和尚了。佛门又说洒扫为第一执事，第一执显然是著力了。

究竟什么能留住？

称呼

大同这个地方很奇特，服务行业见到顾客一律称领导。顾客来，欢迎领导，顾客去，领导您走好。

大同人不尊钱，尊钱的地方如广州，称老板。大同称领导，显然是尊官本。同志如今没人叫，原来有一个目标来维系，同志长同志短，后来同志被同性恋所替代。一些假惺惺的场面上也可以称先生，先生好，女士好。假客套罢了。

客大同洗澡遇到一个服务生，称顾客为领导人，多出一个"人"，意义大不同。服务生问：洗好了吗领导人？刮刮沙领导人？一个人来还是带夫人？

当官的退休或者失意了，可以来大同洗一澡，让那里的服务生来安慰你。

看戏

幼时到云冈石窟看晋剧，云冈石窟对面就是一个老戏台。《打金枝》《十五贯》。

说京剧要消失，看来是杞人忧天呢。去梅兰芳大剧院看京剧是要买票的，位置好的几百元，座无虚席。再看办画展，大多的画展是没人去看的，备了酒，安上席，甚至有的画展还给来客发红包，看客还是稀稀拉拉的。

京剧也不琢磨创新与创造，照着老本子，一唱上百年。样板戏想出新，最后的命运很短暂。美国人创新意识是超前的，可百老汇演来演去多少年几乎没改变。经典是永恒的。

想起女子十二乐坊来，像是戏班子过不下去了，着急上火的，一副沿街乞讨泼皮打滚的样子。

京剧很多字的唱音依然是原生的，比如唱公主，主字唱作举，公举。从前认识一个安徽人，读房管局是房管组，让他读主他读举，让他读局时又读成组。

京剧的语言很完备，比如要骑马，马鞭举起，摆一个姿势，上马下马，写意传神。假若给好莱坞拍京剧，估计要牵一头马出来。

一个人大的女生问，您懂戏?

我不懂舞台戏，人生的戏却是看得不少了。

忆年

吃

那时都不富，所以盼望过新年。平时吃不到油，过年呢，好吃的一下多起来。我乡的吃食不必说，说带鱼。带鱼是海上的，大同不临海，据说是拿煤从浙江换来的。带鱼在原产地叫刀鱼，大连这么叫，宁波似乎也这么叫。北京也是称刀鱼为带鱼。

从前，大同人不怎么会吃鱼，来到大同的带鱼几乎都成干尸了，因此大同人不做清蒸鱼。所有来到大同的鱼，一律入油锅煎一下再红烧，大同的餐桌上只有一种鱼可吃，那便是红烧鱼。

穿

那时铁路是好单位，一度，流行衣服上的纽扣要金属的路徽扣。如果有一件的卡布上衣穿，再配上路徽扣，很神气。那时还流行戴军帽，逢新年，能戴出一顶解放军用的绵帽子，多么令人羡慕啊。过去，经常有人去抢解放军的棉帽子而获刑。

那年春节，得到一件蓝色的卡布配着路徽扣的中山装，一早穿出来，满大街晃啊晃。

喝

父亲病，想酒不敢喝，每年夜，父亲给我们加酒喝。父亲喜欢看我们喝酒。

山西出汾酒，十岁时，年夜里，一口喝掉一壶老汾酒，醉了。

炮仗

过年响炮仗，吃得差一点不要紧，没炮仗怎么算过年呢？

过去很少听说二踢脚能炸人，所以敢把二踢脚抓在手里响，点燃炮，第一声在手里响，接着抛出去，在空中又炸开。

有一年实在没有炮仗了，到煤矸山拣雷管当炮仗。找一面墙，把雷管插在砖缝里，人退远，引线接在电池上，雷管一瞬爆炸了。响雷管是危险的，大人看到要呵斥。雷管响过，砖墙会炸一个洞。不少孩子因为响雷管把手指炸掉了。

那时放鞭炮是一个一个点，谁家舍得一把一把放鞭炮？那年春节，得到一件蓝色的卡布配着路徽扣的中山装，一早穿出来，满大街晃啊晃。蓝色的卡布配着路徽扣的中山装衣袋里装着满满的小鞭炮，得意啊。点炮仗要卷烟，后来不小心，把一个没有掐灭的烟蒂装入衣袋里，鞭炮在衣袋炸开了。灭火再去看，蓝色的卡布配着路徽扣的中山装烧了几个洞，真败兴。

年画

从前过年贴年画，一个作者叫金梅生，画年画很出名，不少出版社都拿他的画稿印年画。金梅生取旧题画年画，《吉庆有余》《四美图》，很喜庆。齐白石的四屏条也当作年画刊行过，算级别最高的年画了。年画发展到刊行样板戏剧照时，已经开始衰败了。

一年春，去河曲一个农户住，墙上贴的年画是人民币，毛主席的头与真人比例差不多。农户里没有电，照明还是点油灯，油灯一明一暗闪，毛主席似笑非笑的，让我一夜没休息。

豆腐

　　那时人们拿了豆子可以找豆腐房磨豆腐。豆子要黄豆，黑豆也可以，黄豆磨成的豆腐是米白色，黑豆磨成的豆腐像板砖，颜色偏青灰。

　　芙蓉镇吃过米豆腐，米豆腐怎么做，北方人想必不晓得。绿豆和豌豆可以磨成豆腐吗？没人试，还是试过不能磨？不是叫豆子的豆子都可以磨豆腐。

　　豆腐是国人炼丹时不小心发明出来的，传承两千年，至今加工豆腐用的还是老配方。

　　哈尔滨有老豆腐，卤水味，质粗，吃起来那是很痛快。山西北部的豆腐与东北的味道差不多，豆腐下锅炖，袅袅飘出卤水味，一派小康景象。

　　北京的豆腐是以石膏点成的，石膏点成的豆腐看起来很漂亮，入口似果冻，吃起来像嚼奶冰，怎么形容这样的味道呢？还是用家乡话来比喻，寡逼淡水。

据说北京的豆腐是从日本人学来的，日本的电器好，日本人的豆腐也是寡逼淡水的。

晋北那些年，春节前家家户户磨豆腐。凉干的豆子磨碎了，列队等入锅。会点豆腐的人平时闲得晒太阳，一到磨豆腐的季节开始掌权了，灶台前一站，个个像判官，他说你豆子不新鲜，就得排到最后磨；他说你豆子湿，还要你回家去晒豆子。豆腐房难下脚，到处水，两口大铁锅，淌淌冒白汽，一口锅煮料，一口点豆腐。卤水点豆腐，好比点石成金术，看得一锅豆子汤，遇到卤水即凝聚，一片片，初如絮，渐次聚成云，满锅里翻腾。豆云布满锅，火稍歇，于是可以捞豆花。豆花捞至木槽箱，以粗布裹起压，压力大小有讲究，存水少，豆腐容易老，所以叫老豆腐；存水多，豆腐嫩，因此叫作水豆腐。豆花出锅时，包豆花的人便喊：吃老的？吃嫩的？老豆腐不出数，那个年代吃食少，几乎没有人吃得起老豆腐。

一锅豆腐刚好放入两只铁皮桶，挑起豆腐往家赶，不觉已是午夜了。那时晋北的腊月冷，待回家，挑豆腐的人满头汗，盛满豆腐的水桶却已经结冰了。家人不会睡，都在恭候豆腐呢，有的冻起来，有的要现吃。于是开始分豆腐。

冻过的豆腐质量会改变，冻豆腐再消融，水脱去，满身孔，像一块旧海绵。南方人很少见过冻豆腐，北方人拿冻豆腐煮白菜加土豆、肉，味堪比三鲜。也有人拿冻豆腐煮红烧肉，煮到十分时，豆味入肉味，肉味入豆味，肉豆浑然，味绝美。

现豆腐容易吃到嘴，想吃冻豆腐，事先要解冻。拉开冰柜便想吃冻豆腐，有点狐狸吃刺猬。快刀可以截铜铁，不可以切开冻豆腐。

本草有一草是豆腐，说豆腐也是可以当药用。

有人借客堂或僧舍烧素食，以豆制品仿制成红烧鱼或白斩鸡。时代不同了，中国有几个吃素的？

花生

花生有很多名，有些地区叫果子，有些地区叫人参果。

喝酒人好花生，我见过有人拿水果就酒喝，一口酒、一口梨。山西应县有梨花春，酒是拿梨花酿的吗？梨与酒有什么关系呢？酒，更多是喝在离愁时。

有说老酒鬼摘一个门板上的铁钉可下酒，生锈的铁钉有咸味，似可信。也有说老酒鬼摸一把胳肢窝，闻一闻、喝一口。山西北部还传说，一个人喜欢脱下老婆的袜子闻，闻一口袜子、喝一口酒。

李津说，津门从前的喝酒人哪有那么多啰嗦事，下单车、取酒壶、打二两、边骑车、边喝酒，到家时酒干了。这种喝酒的方式倒是有古风。每想起这样的喝酒人，我的眼前便会闪现出武打电影里那些侠客们。我常常会把津门的喝酒人与侠客联系在一起。没有铁钉子，也不麻烦老婆脱袜子，津门的喝酒人迎着风，顶着雨，风雨便是下酒菜。风雨不仅是下酒菜，古人还视风雨为朋友，风雨同舟不单指水上有风雨，风雨同舟的意思是朋友一船，要生一起生，要死一起死。

与于水一同去绍兴，于水取出花生要下酒，有一颗花生分三果，弯腰驼背，一幅《达摩面壁图》。

花生是佛门的家常话，此花生非彼花生。

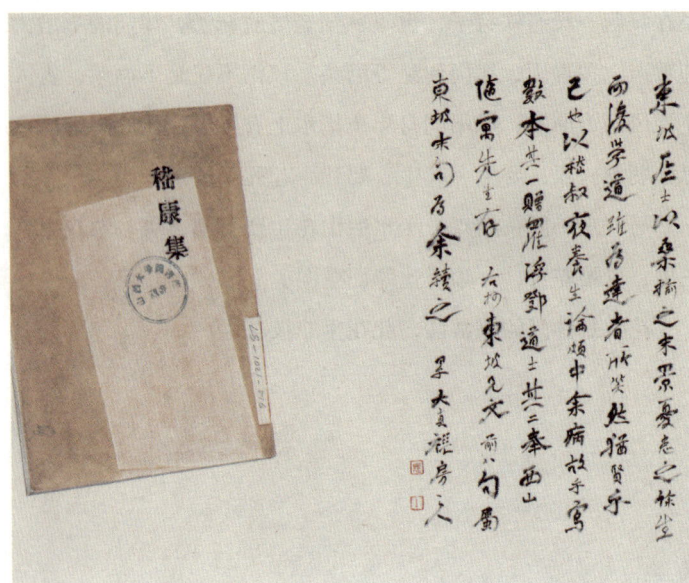

怀一　嵇康集　42cm×50cm　纸本设色　2014 年

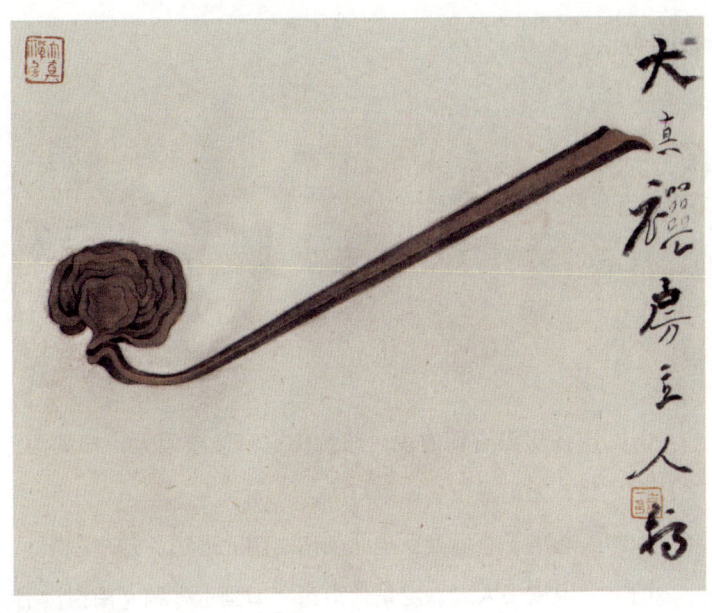

怀一　如意　42cm×50cm　纸本墨笔　2013年

南窗

　　美国选住房没有朝向说。纽约街道窄，楼很大，楼挨楼，终日不见日，无论昼夜，家家灯火。

　　中国人选房子有标准：坐北朝南、南北通透、户户朝阳。

　　旧书上说读书人，一定是倚南窗。旧画也多题《南窗读书图》《南窗吟诗图》，北窗光线差，读书人一定是找南窗。

　　去欧美，使用遮阳伞的女孩子不要问，几乎全是中国人。欧美人住房不见光，出门便要享受日光浴。中西本来是不同的。

　　早些年，呼唤全球一体化，怎么一体化？请来本·拉登，把纽约的高楼全炸掉，改成坐北朝南的。喊一名中国的妇联主任去，提醒美国的女孩子上街全打着花阳伞？这个事说起来不复杂，做起来就是异想天开了。

邻居

昔孟母，择邻处。居住环境好不好，古人比今人更计较。

东壁图书府，西园翰墨林。谁能住到这个地方呢？非皇上大人莫属了。现在不行了，现在东面是CBD，西面是金融街，两头全和钱说话。

不久前，东四八条一个公厕一夜之间变平地，区领导不知道，街道主任不知道，为什么要拆掉公共厕所呢？原因还在调查中。

估计是，挨在厕所周边的居民深受公共其害吧，宁肯自己不拉屎，也要把这个公害拆掉了。可是居住在厕所附近的居民不干了，你不拉，我还拉，臭是臭了你，不能不让我拉呀。

关于厕所的事，据说汉代人最讲究，初一到十五，厕所要焚什么香都不一样。那时的欧洲呢，很多部落还游牧，居住无定所，随地大小便。

图书府与翰墨林也是从前的故事了，如今有没有图书府与翰墨林？如果有，它们比厕所干净吗？府林中人自己说。

梅与瓶

客苏州，看到皮市街卖梅花，我想买一盆绿梅或白梅。

踏遍皮市街，只有红梅或粉梅。红梅本身没问题，可是我不喜欢红梅花。粉梅呢，不如看桃花。每听歌里唱："红梅花儿开，朵朵放光彩。"总以为又有一个党员要牺牲。

记得崔海逗雅梅，梅本来雅，还加雅进来。这是什么梅？雅梅半天不作答。

想不到大同有梅花，一个花市里，满眼绿萼梅，枝疏俭，苞欲裂，走过，冷香袅袅，忽隐忽现。大同应该不缺煤，想不到大同还有梅花。

鸡腿瓶多出自辽金，大同、内蒙古出土的鸡腿瓶很多。鸡腿瓶本来是盛酒器，瓶样像鸡腿，呼作鸡腿瓶，还有更粗的鸡腿瓶不叫鸡腿瓶，呼作牛腿瓶，这样取名像老百姓生孩子，大的叫大娃，小的叫二娃。

所谓盛酒器，其实就是一个酒瓶子，古人惜物，酒干了也舍不得丢瓶子，瓶子能插花，可以插梅花，于是有梅瓶一说了。陆博士著书写梅瓶，他以为梅瓶说早于鸡腿瓶，时隔一千年，谁也不好说。

梅瓶的出身是酒瓶，清以后，梅瓶几乎不装酒，烧制好就上案几当陈设。

看一部法国片，没落贵族的案几上有梅瓶，法国人不给梅瓶插梅花，法国人给梅瓶里插玫瑰。拿梅瓶插玫瑰，看起来像给可乐瓶子里撒尿，总是有一点异样。

赏心一二枝

前人句："赏心不过两三枝"。我看呢，赏心不过一二枝。

平生遇知己，不过也是一二人。知己者百千众，是妓女？其实妓女也很少有知己。

大丰题画曰"一色杏花三十里"。韩羽曾给我一个笔筒题书曰："一色杏花三百里。比大丰多两百七十里。"一色杏花三百里是调侃，一色杏花三十里确是不稀奇。

问题是说梅花，一色梅花三十里会是怎样的局面呢？尽管爱梅花，一色梅花三十里，想象也廉价。如果是棉花，一色棉花三十里甚至八十里也是合乎情理的。

梅花一定疏，疏朗才冷逸，王冕、扬无咎画梅很疏朗，金冬心倒是怪，他画《金碴银碴唱落梅》很疏朗，画《江路野梅》也冷逸，他画《冷香沾手图》，枝横斜，花俯仰，一纸繁华。金冬心俱高格，也爱世俗的生活。

去南京，从不看梅山。到无锡，没兴趣看梅园。连州北山有梅海，遇花期，满山胭脂。友人约去赏胭脂，后来还是推辞了。

天台有宋梅，遥想老树著新花会是怎样的局面呢？天台宋梅开什么花？我想还是花红好，老树比如翁，红梅若女子，正是一幅《东山携妓图》。

去岁到石门，北鱼说庄上一座旧庙有隋梅，问花色，记得是鹅黄。黄色的梅花当属腊梅花，书坊里有腊梅，花开时，一室艳香，冷而腻。细分之，腊梅正是梅，白梅、绿萼梅却归在蔷薇科。梅居"四君子"之首，梅兰竹菊常常出现在画本里，以后再画"四君子"，是否改梅为蔷薇呢？

巴黎美女多，年轻女子从你身边掠过时，顺风飘来一缕香。回忆那种香，不热烈，很清冷，仿佛就是从绿萼梅里发出来。

怀一　文虫图　38cm×26cm　纸本设色　2013年

三竿竹堂

喜欢竹，打算移至家里养。

千鹤的竹子好，已深冬，花凋尽，惟竹披绿意。风一过，竹林飒飒，向东倒去，风止，竹又挺胸，个个笔直。所谓君子，不光虚怀，更能伸屈。

春来时，挖一棵新竹移家里。

千鹤的竹子好，竿细直，叶疏落，正如竹谱云，个字介字，笔笔分明。

隔年，新竹老，又出新竹两竿，遂书一匾：三竿竹堂。

竹入户，长势限于顶，本来笔直，到顶即屈。只好给竹去头了，每下剪，说，君子，对不起。

怀一　地三鲜　38cm×32cm　纸本设色　2013 年

梅瓶

梅瓶，多好听的名字。

那些年，迷恋梅瓶，像在青春的梦里追求英格丽·褒曼。后来，现实生活里，听说一个其实长得肥得流油的女子叫什么梅萍，莫名其妙地和人家有一种亲近。

我收藏了不少辽金或明代的鸡腿瓶，甚至请画人在磁州窑、景德镇绘制过更多的新梅瓶。

梅瓶的雏形是酒瓶，大同、内蒙古一带出土过许多辽金时期的盛酒器，器型像一条大鸡腿，这种酒瓶又称作鸡腿瓶。鸡腿瓶多施黑、酱釉，白色釉便稀缺。

那年在大同居然遇到一个施白釉的鸡腿瓶，底部漏胎土，微微泛赭色，白釉薄，经过一千年，水土将釉色侵蚀成牙黄。白釉的鸡腿瓶瓶口直起来，至沿边忽然翻下来，从瓶口望瓶底，幽深无际，仿佛一眼古井。鸡腿瓶身上有旋纹，旋纹的痕迹随着工匠的手指粗细而变化，近底足，旋纹不再，偶能看到工匠们把指纹留在漏釉的瓷土上。每看到那些指纹时，教人顿然唏嘘，千年前的先人在哪里？徒剩一个指纹让后人来揣测。

鸡腿瓶外翻的口沿用来系绳索，西域人骑骆驼，一绳系两瓶，酒盛满，搭在骆驼的脖子上，西域风雪大，远行的男人没有酒怎敢出门呢。

辽金季，大同的青瓷窑与浑源窑都烧造鸡腿瓶，尽管鸡腿瓶烧造很随性，手工粗不说，烧制时往往带窑粘，然而鸡腿瓶的器型是瓷做之经典。鸡腿瓶看似粗，气质却暗合了质朴的意蕴。

鸡腿瓶经常出现在明人的绘画里，一张案几，一函书，鸡腿瓶里插梅花，这个瓶子就是所谓的梅瓶了。所以叫梅瓶，想必与插梅有关系，不叫菊花瓶，不叫牡丹瓶，叫梅瓶定与插梅有关系。梅瓶最宜陈设于山居的案几上，没有在山居的案几上见过陈设天球瓶或者玉壶春。如果在石涛《山居图》的案几上陈设一只描龙绣凤的天球瓶或者玉壶春，想必很滑稽。

梅瓶被文人寒士所抬举，酒喝完，瓶子好好的，插上一枝梅，像一个美人捧一束花。南窗读书，没有红袖添香，供一只梅瓶足可养眼了。屋里多一个人，会多一种麻烦的。汉书能下酒，白云代送客，陈设梅瓶当老婆。前人多么低碳环保啊。

　　闲暇时，我会给收藏的梅瓶们来沐浴，满屋梅瓶，好像妻妾成群。

造花盆

稻先生养菖蒲，问请什么盆？

菖蒲就是草，不宜入高盆。种菖蒲宜浅盆，平地一簇绿，朴素而亲切。

稻先生在临沂，说莒南有人以当地白石造花盆，传图看，底子是罗马柱，盆子是莲花口，半土不洋，是谓中西合璧。

稻先生打算请莒南县人造菖蒲盆，于是出图示之：盆子方正，口略大足，四壁挺拔，壁薄见光，外壁须打磨，内壁见凿痕，凿痕匀密，不可莽夫刨地。

庙堂上有传世的石头盆，北朝至唐代，庙堂的石头盆常常雕凿莲花纹。宋以降，石盆雕凿的题材多起来，除却鸟兽人物、花卉折枝，更有吉祥纹样、大喜祈福。存世很多明、清人用作案头清供的浅水盆，材质有石头、紫砂、琉璃与瓷器。用作案头清供的浅盆制式大多很俭朴，偶镌刻诗文句，抑或一枝梅、一竿竹，寓意主人之清高。

说赏花，有时看花盆比赏什么花更重要。梁朝伟娶一个村姑无所谓、林徽因假如嫁给一个二流子往往会让人惋惜。

那一年，家家种养君子兰，人们把君子兰插入廉价的青花、紫砂盆。我不喜欢君子兰，君子兰花艳俗，叶子也像一群肥头大耳的土流氓。

北京胡同里养花的盆子种类多，有铝锅，有痰筒，不锈钢洗碗盆，甚至陶瓷的坐便器。"美人罗带长，风吹不到地；低头采玉簪，头上玉簪坠"。采花人插了玉簪插玉簪，人头也可当花盆。

故宫里的花盆以粉彩与青花为多，最不能入目的便是景泰蓝。宫廷说起来级别高，他们欣赏器物的眼光却很庸俗。

花要新，花盆还是老的好。顶堂有一只宋代赭黄底琉璃海棠盆，正面塑一梅，背面塑一兰，北方梅难养，只好插春兰。冬尽时，兰花拔地起，一鞭两鞭，两鞭三鞭，不日花放，满眼粉黛，一睹古艳。

还有一个花盆叫大地，万物大地共一盆，生生而不息。

山子

　　山子是过去文房陈设之必备，一可以搁笔，二能独赏，遥想咫尺天地。

　　制作山子的材质有瓷器、紫砂、紫铜、铸铁、砚石、竹木。前人更以珊瑚、玉石、水晶、琉璃造山子，曾在厦门见一个松石造的绿山子，那个山子常常出现在我梦里。

　　山子也有天然的，比如柳州有幽兰石，有的幽兰石好似微缩的桂林山，幽兰石生来就是好山子。天然的好山子毕竟少，天然的好太湖、灵璧石更少。往往说自然便是好，然而自然归自然，人们更要苛求心然与我然。黄山固然好，不须谁画它，非要画黄山，是要画出心中的黄山来，自然的黄山已经很美了，要你画它干什么？山水自在，因人而异，说的也是这个意思。

中国有石谱，还有丑皱漏透瘦，一块石头好不好，人文判断是标准，什么样的石头能够入石谱，要经过人文的眼光来选择。如果不选择，路边到处是石头，谁肯在意路边的石头呢？

按照人文的尺度来赏石，天然的石头总是差一口气，不是这里多一个角，便是那里少一块肉。中国人用近乎选美的眼光来选赏石，赏石才可以入石谱，否则，满眼全是杨贵妃，杨贵妃有什么好。

看不到理想的山子时，前人便开始动手造。宋代就有人造山，到明清，人造的山子多起来。说是这么说，存世的山子依稀很少了。20世纪50年代后，文化衰，文人谢幕了，作为文房陈设的山子也消失了。

我的案头有一个幽兰石山子，跌宕起伏十二峰。歙县砚人王耀叹其美，费磨半年久，遂制大漆座以配之。

苦蕌

天下好药，首选苦蕌炖猪肚。

吕兄问北京有苦蕌卖？答：北京哪里卖苦蕌？

我没有看见北京卖苦蕌。

苦蕌产自蜀，云贵似乎也种一点。北方人大约很少熟悉苦蕌的，以为苦蕌苦，生尝，苦蕌其实是辣味，先是像芥末，后来像大蒜，再后来像朝天椒。一个苦蕌三味辣，神之奇之矣。

苦蕌的样子像一头蒜，颜色比蒜更温厚，一种玉叫黄玉，苦蕌的长相像黄玉。苦蕌到底还是苦，辣味去，满口苦。乐极生悲，糖过甜也是苦，盐多了还是苦。什么事做过头，终究会遇到苦，佛说以苦是为乐，佛是什么想法呢？

猪肚子便是猪胃了，南北人尽知猪肚味。广东人制卤水猪肚吃，北京人吃熘肚片。猪肚也可以白煮，保定一带有白肚蘸盐吃，天津有猪肚炒丝瓜。猪肚性宽博，怎么吃它都可以。

苦薏炖猪肚是一味药，治愈很多肠胃病。有人肠胃病，怎么治也难愈，回家吃苦薏炖猪肚，病好了。

竹刀

药匣子哪去了？大约几年不见了。匣子老婆叫辣椒，上次来书坊，匣子还带着辣椒呢。

匣子大连人，年少时即下海，匣子说，每天去碰海，捞些吃的补贴家。匣子的举止像范伟，叫他匣子也是与范伟演过药匣子有关系。

匣子身体好，胸大肌、二头肌，一摸像石头。

粥庵那时不起床，幸亏床是金属的，如果床是一头驴，早被他压死过几回了。粥庵说他活到四十多岁了，没睡过一天安稳觉，没有一天能睡安稳。一个不睡觉的人，每天躺床上干什么？

匣子说粥庵，早点吃好就上床，午餐一吃又上床，这样算下来，一天二十个小时在床上。

粥庵床上有一个一点五升的可乐瓶，他懒得去厕所，直接尿在可乐里。

有一天，匣子从大连回来了，抓起可乐喝，连忙喊他停。匣子说，这是怎么个事，我闻着也不对劲。

匣子讲话总是显得有教养，大连人出口就是彪，这个彪那个彪。与匣子同居一年多，没听他口出过一个彪。

匣子好动手，如果有一块新石头，请他去抚摸，不要一星期，石头会老去一百岁。匣子油很大，头上是，嘴上是，手上也全是。和匣子同在一个食堂吃，莫非食堂的油水全给了他一个人？

学业将尽时，匣子开始制竹刀，上镌"半山草堂造"，同室每人送一把。女人们拿香水作礼物，男人送刀作留念，也算是古风了。竹刀是不能杀人的，拿竹刀去行凶就是傻子了，刀钝不必说，还担个刀的名。竹刀能裁纸，匣子送竹刀，真是粗里有细的。送烟酒，吃完喝完忘掉了；送香水，一股风也吹散了。竹刀在案头，让我常常想起他。

鸭

南京是个悲怆的城，同时也是个享乐的好地方。

那年去南京，秦淮河还淤塞，到了王谢堂前时，臭味扑面。夫子们写秦淮那么美，六朝粉黛呢，桨声灯影呢，看来都成回忆了。

可是夫子庙的盐水鸭真的好。河畔，沿街卖辣丝螺和盐水鸭。切半只，边逛边吃盐水鸭。

全国的鸭子大多被南京人消化了，据说鸭子听到南京话就哆嗦。

后来去南京，夫子庙的盐水鸭已经不像鸭子了，鸭子可以长到乳猪那么大？尝一尝，味道也异样。南京还有桂花鸭，大卖场、街边店、机场、火车站，家家有真空包装的桂花盐水鸭子卖。一个南京人告诉我韩复兴的鸭子好，韩复兴的鸭子什么样？会不会像北京的全聚德那么黑？一年大丰请我到全聚德吃烤鸭，一只鸭要八九百，什么鸭子啊？比雅宝路的鸡报价还高呢。

回味、尹氏是南京的大牌店，专卖鸭油饼与鸭血粉丝汤。吃一碗，再一碗，鸡精的味道便出来了。

吃过镇江章燕子自己加工的鸭血粉丝汤。那时我们在宜兴画茶壶，她从镇江烧好一钵子鸭血粉丝汤送到宜兴去，那个鸭血粉丝汤的味道啊，才是真正的鸭血粉丝汤。

大丰去世后，士龙来京给大丰去守灵，忽然说到盐水鸭，不久士龙由南京给我快递了三只盐水鸭。那天刚好有访客，两个女士原本说减食，结果吃掉半只鸭。问士龙那个盐水鸭什么牌子的？士龙说没有什么牌。南京哪里能吃到士龙买的那种盐水鸭？

南京人怎么看上鸭？因为水多吗？杭州水也多，杭州人好像不怎么迷恋鸭。

到苏北，高邮上尽是大麻鸭，看着看着，眼前出现一片盐水鸭。

忆山东兄弟

早年去临沂，胡石出去了，他嘱咐树之兄招待我。树之带来当地酒，一瓶尽，再上五粮液，五粮液尽，又上了什么酒？

两千年，带五粮液到松榆西里看胡石，胡下厨，取虾皮拌葱丝，我烧洋葱肉，两个菜一瓶酒。喝酒有时不要菜，一句对头话，能下三杯酒。话当下酒菜，比汉书下酒更简约。

去山东，不能不说酒。其实山西也是酒，甘肃更是酒，见过广东人喝二锅头，简直就是撒撒水。

美国回京一落地，众人说去喝酒吧，边喝边感叹，自由世界啊，原来在中国。美国酒店禁止喝白酒，超过三十八度的酒叫烈性酒，有人举报你喝烈性酒，警察马上拘留你。

把美国的禁酒法推行至大陆呢？千万人一夜被关到局子里。

又往临沂前，友人提示注意酒。

昨夜回北京，细数，头天在沂景，百年泸州喝八两，然后游冠山。隔天去沂南，百年泸州喝九两，晚餐南瓜请，见白水、品稻、轩辕、子树、杖藜、张淼兄，沂河水喝半斤。白水日记总是写酒醉，好像胡适日记写打牌，今牌，今又牌，约后天，还是牌。遇白水，能不醉？

　　北屋里藏好酒，伏案忆山东兄弟们，好酒留给你们喝。

锦府盐帮见平凹

2000年，我还在作家出版社工作。因为要付贾平凹一笔稿酬，我和编辑张懿翎给他去送款。贾平凹住在三里河作家协会的宾馆里，贾平凹先生起来和我握手，才发现他个子矮，手却很绵软。

2007年3月，贾平凹来北京开政协会，友人约在中关村南大街"锦府盐帮"吃晚饭。在座的有书画家、抚琴者，还有两位司茶的仕女。仕女们长得很瘦小，默默地斟茶，一句话也不说。

酒过，贾平凹用家乡话讲故事，录如下：

在东北，有一家人，养了这么个娃，能吃啊，饭量大，多大呢？吃得家里穷，有名的穷，家里就剩四面墙。父母没办法，养不起，想把她掐死了。掐过三次，每次快要死，那娃又活了，父母心软呀。

我讲这个故事几乎没人信。女娃长大了，还考了大学。

众人惊愕，是女的吗？

是女的。学校有三个饭堂，女娃每餐要把三个饭堂吃一遍，如果她在一个饭堂吃，会有人围观。三个地方吃下来，女娃还要去校外的小摊上买四个烧饼，四个烧饼还没等进校门又吃光了。

我讲这个故事几乎没人信。女娃毕业了，当了警察。西安有一个老板请财政厅的官员吃饭局，官员和我是朋友，我一直听说女娃能吃，没见过。官员约了我去见一见，因为老板把女娃也请到了。

有人问：女孩长的什么样？

我原来也想是身高，肥大，挺着肚皮。错了，女娃长得什么样，小小的，瘦瘦的，扁肚子，面色青黄，像饿死鬼转世。十多人，摆一桌席，大家来看女娃吃。女娃先来，等客时就饿了，她先吃过一盘红烧肉。众人是来欣赏她吃饭的，所以不怎么动筷子，女娃埋着头，一句话也不说，又吃红烧肉一盘、三文鱼一盘，其余桌上饭菜吃得精光。女娃还想吃三文鱼，服务员说没有了，女娃说没有就算了吧。众人问她吃饱吗？女娃说不是吃饱，是吃好了。看女娃吃饭我们吃惊啊。

女娃虽然是警察，她每天的工作是吃好饭。女娃有兄长，在珠海某银行当行长，她就去了珠海了。去珠海就为了能吃好饭。

女孩多大了？

前年见过她是二十五，今年应该二十七岁吧。

还没有找人嫁？

不好嫁。每顿吃二十斤红烧肉，不好嫁人啊。

去医院查过吗？是有病吧？

有人怀疑她是甲亢，不是的，甲亢也只比常人多吃一碗饭。后来去查了，结果她只比常人的消化酶多六倍，其余机能均如常。我讲这事人们都不信。后来，我为她写过一篇文字，凤凰卫视也把她的事报道了。看过的人们才信了。听说俄罗斯有一个女孩也能吃，有香港好事者把她请来了，一看，也是小小的，瘦瘦的，面色青黄。俄罗斯也有饿死鬼转世了。

俄罗斯那个女孩多大了？

不知道，只记得中国那个女娃二十七，她的名字叫赵芝莹。

我担心酒多了忘事，遂把赵芝莹这三个字录在记事簿。饭罢回家，伏案记之，竟想起那两个司茶的仕女，不觉周身起冷意。看钟表，时针已指在午夜了。

2007 年 3 月 22 日于二月书坊

韩羽先生

2000年编《画风—1》，向韩羽先生去约过稿，开始接触韩先生。

后来，与韩先生时间久了不见面竟然有一些惦念了。

一次，韩羽先生来电话，聊到了，他说老伴刚做好汽锅鸡，闻着可好哩，你从北京打的来吃啊，我等着和你喝酒呢。

韩先生喜欢酒，曾陪他去看西域，中午酒、晚上酒，喝到后来我见酒愁，韩先生居然没反应。韩先生大我近四十岁，真羡慕他的好身体。

与韩先生在景德镇住过七八天，韩先生感冒了，老伴把酒藏在墙角里，菜上来，韩先生也不急着动筷子，看看我，又看看墙角，点化我倒酒喝。韩先生说，我不喝，看着你喝也高兴哩。有一次，韩先生带一瓶茅台酒请我去吃大包子，其间说起朱新建，韩先生便伤感。那天韩先生喝多了，起身的时候有些晃。

韩先生来北京，有空总要看方成。那年方先生八十九，韩先生七十八，韩先生喊方大哥，方成称韩先生小韩啊。在一个小馆子坐下来，两个老头点名要喝二锅头，刚举杯，又相约，来年在北京醉一次。

如今去山东走穴的画家人手有一个塑料画筒子，20世纪70年代能把画装在画筒里几乎是不可能做到的。韩先生就有那么一个画筒子，画筒用一个硬纸筒改造，韩先生给纸筒裱糊好，再拿画笔去装饰，然后背着画筒上北京。

米谷是漫画界的老前辈，见韩先生来，米谷小孩们围上前，问韩先生，叔叔你扛的什么炮？米谷太太很洋气，她让韩先生把画筒丢在家里去吃饭，韩先生不肯。从家里去饭店有一段路，米谷、韩先生前面走，米谷太太跟在后，米谷太太不愿意和背着画筒的韩先生一起走。韩先生后来明白了，他以为那么体面的画筒在米谷太太眼里还是有一点土。

一年夏，韩先生住在二月书坊了，晚餐后，韩先生要讲鬼故事。灯全闭，有些黑，灯开了，又不够吓人，于是找蜡烛。蜡烛点起来，墙壁上忽然出现黑影子，影影绰绰。还没有讲到鬼，几个女的便喊着要开灯。

韩先生爱讲鬼故事，也愿意别人讲鬼故事给他听，实在讲不出，即兴编一个也可以。不会编，或者啰嗦半天不吓人，韩先生便失望了，说，你们到处跑，怎么不知道鬼故事。韩先生讲过的鬼故事，有时候会再讲一回。活人一推门，正好死人出门去，于是撞个面对面，这一段我听过四五遍。韩先生很扫兴，说，你听俺讲过怎么不告诉俺哩。那年去太行，已经是秋凉了，山里冷，天也黑得早，茶酒罢，近夜半，韩先生又讲鬼，我依稀已睡，约略听他还在讲。

第二天，韩先生起晚了。据他说，讲到后来时，发现我们都睡熟，韩先生忽然有些害怕了。睡通铺？已经不能再挤人，回自己的房间去？还要穿过一个院。韩先生开始犹豫了，身上也打冷战，等赶回自己的房间时，头皮都是麻的了。韩先生说，我讲半天为啥哩？为了吓唬自己吗？

韩先生喜欢淘光盘，他看坏的DVD机有三四个。与韩先生说房子说汽车，他一点兴趣都没有，韩先生觉得最让他得意的事情是案子上同时有三台崭新的万利达。韩先生佩服DVD发明者，简直太让他享受了。韩先生看昆曲，他躺在被窝里，手抓遥控器，招呼张继青，张继青出场，招呼胡锦芳，胡锦芳出场，哪一段没看够，叫她们重新唱。韩先生说，剧院有什么？你是中央首长吧，你坐第一排，哪一段没看够，你也不可能让人家重唱吧。

　　韩先生20世纪五六十年代起就和报刊打交道。原来，投稿没有快递这一说，现在有快递，尽管韩先生急脾气，也不会轻易用快递公司发稿子，他给我寄资料，还是发平信，韩先生不是付不起邮资，他要考量邮政局，到底还能不能靠得住？平信终究慢，有时候，韩先生今天刚发出一封信，明天就通知我注意等。三天还收不到，他就着急了，让我查有人代收否？过一天，再一天，如果还是没收到，他自己就嘀咕了，不会是丢了吧？后来收到了，告诉他消息，韩先生说，妈的，终于到了。听他开心地笑，像中大奖一样。

怀一　梅　38cm×74cm　纸本设色　2013 年

黄家二老图

黄永玉、黄永厚是亲兄弟。永玉大，永厚小。

黄永厚带我去"万荷堂"见黄永玉。

黄永玉在画油画，安格尔的《浴女》被黄永玉演绎成一片肉，看得人心直蓬勃。浴女背坐着，臀方满，惟股沟处缺一个角。我说这个角留得好。黄永玉说那个角是金三角。于是与黄永玉在金三角前合了影。黄永玉近来作油画，缘为方力钧赠了一个颜料车，看那个颜料车，果然很阔气。

画室里还有人，在统计黄永玉的彩墨画，统计工作好像很详细，画名、尺寸、年代、题跋都被录入一台笔记本电脑里。后来才知道，操作电脑的女士叫黑妮，应该是黄永玉的女儿了。

黄永玉带我们往客房去。客房的外墙上悬一块匾，上书"老子居"。从"老子居"的边房入，先是一个养鸟的屋，三只巴西大鹦鹉，颜色绚丽，乍看像假鸟。假鸟一侧卧了一只聊哥鸟，客人来，聊哥问：来过吗？我说没来过。

黄永玉嘱人去泡茶，他独自半躺在一张沙发上抽烟斗，烟斗短而粗，样子像他本人。

问黄永玉好藏古。黄永玉说他不懂古，家藏三幅赵子昂，后来发觉都不对。黄永玉以为藏画不一定要真迹，真的不好也不要。

黄永玉又让我上他的卧房看。卧房玄关处有一尊千手观音相，黄永玉说，开始以为清代的，现在看来是明代。又往深处看，床上躺着一个斑马皮，纹饰一如黑海起白浪。床脚便是帽架了，帽架上粘了几层鸭舌帽，女人们喜欢收藏鞋，黄永玉喜欢收藏鸭舌帽，男女有别，各占一头。黄永玉、黄永厚都喜欢鸭舌帽，我住通州时，距离很远就看到一顶皮质的鸭舌帽，近处看，真的是黄永厚。

"万荷堂"养了一群狗，黄永玉文章里写恶狗分一、二级。一狗吠，其余狗全吠，哪条狗是一级？哪条狗是二级？确实难以区分啊。

黄永玉爱热闹，晚饭邀我们一起吃。饭店拼了四个桌，黄永玉独守一角坐下来。饭罢，黄永玉命黑妮去埋单，有人说结过了。黄永玉问谁结了？有人说黄永厚结了，黄永玉告诉身旁的服务生，你问谁叫黄永厚，喊几个人把他打一顿。

想一想朱新建

2007 年冬，北京几乎没降雪。北方的雪呢？后来才知道，北方的雪全部下在南方了。

2008 年元月 23 日下午，南京李俐电话我，朱新建在宜兴昏迷了，现往南京去抢救。

我被这个消息惊呆了，其时，窗外阳光明媚，心情却是阴郁的。

2007 年 11 月中旬，我往南京艺术学院参观林海钟画展，顺道去看朱新建、徐乐乐、朱道平、喻慧、常进、杨春华。朱新建约我们去江宁寓所看近作，我和周一清、杨春华仔细看，徐乐乐一旁说：随便翻翻就是了，他画大写意，你们何必仔细看。朱新建说：我（南京人读"我"是"吾"，有古韵）是画写意，也不比工笔少看头。

朱新建会说，是画家圈里的名嘴了。去年夏，央视拟约他去《百家讲坛》说文人画，朱新建接受邀约后，借在太行山写生时，起草了万字演讲稿，之后，备西装，以试镜。央视审读朱新建文本时，他住在二月书坊了，西装穿起来，屋子里晃一圈，人们夸他好精神，他也得意了，于是讲中国文人画。起源自王维，下来苏东坡，再下来是赵皇帝。讲到东坡时，朱新建出汗了，于是脱西装，说，据说奥巴马的西装里隐藏一个电风扇，所以在海南岛也不出汗。

央视审过文本了，建议补充故事与可读性。朱新建怕麻烦，说，我不在你这儿讲可以吧？

我最初关注朱新建不是因为他的画。2003年，宜兴人笑阳给朱新建整理出几十万字的谈艺录，我被那些文字所感染，之后编入《中国画文库·大丰谈艺》。书由四川美术出版社出版后，当年售罄，隔年又加印。

朱新建读书杂，多慧识。古人说画石分三面，阴面、阳面，别开生面，面对一个问题，朱新建往往另出新解。他告诉我秘笈，读五灯，收益无穷。朱新建惯用"比如"说，原本一个事如迷雾，他每用"比如"说来诠释，深入浅出，闻之恍然。朱新建客杭州，有人问，"新文人画"组织很严密？朱新建答，比如开"一大"，你恰好在南湖，整天跟在李大钊后面，帮他拎拎包，买买早点，然后你非要参与开"一大"，李大钊一高兴，就让你去参加了。但是到了"十六大"或者"十七大"，你想参加就比较困难了。

曾建议朱新建编一本《比如集》，他也答应了，如今他昏迷于病床，能否记得《比如集》？

朱新建一再说画画要朴素，生活里他也是尽可能朴素的。

那年我们在景德镇画磁器，桌上都是朱新建点菜吃，叫来服务生，海鲜不新鲜，带猪字的每样来一个。朱新建说，这年头，吃得起的人很多，吃得下的人不多啊。画磁有些烦，朱新建开始画纸本，一出笔，粥庵即夸赞：好、好、真好。朱新建忽然觉得粥庵这人也不错，朱新建说别人夸他虽然用词比粥庵多，但用词不当让他往往怀疑对方：一、不怎么懂画；二、真心程度不够。朱新建说他喜欢粥庵夸他时发出的那种男低音。后来，朱新建每次来北京画画，总要问粥庵在不在？我答粥庵在大同。朱新建又说，可以打一辆车到北京，的士费他报销。我说把粥庵夸他的话下次制成录音带，开笔时播放粥庵的录音来夸他。朱新建说算了吧。

朱新建说他不惧怕已经成功的人，他说真正有武功的人是站在黄蓉背后那个手无寸铁的老头子。

朱新建说自己画画是瞎涂涂，很多人跟着他瞎涂了。朱新建又说，我想活到八十再瞎涂，他们现在就开始瞎涂了。

朱新建说，我这辆车出厂才五年，跑路已经八十万。车跑了八十万还不大修，谁敢开着上路呢？

朱新建在网上给自己注册名"老年痴呆议会会长"，发言也是：呆以为——呆以为——

朱新建自署"除了要吃饭其它就跟神仙一样斋"，其实他也不自在。

2008 年 1 月 26 日，朱新建本来要去德国，皮特·费斯在爱莎芬堡为他策划了个人展，签证刚办好，哪想他病倒了。

我往南京时，看到朱新建与周刚合作的雕塑《金瓶梅》，雕塑本想带到德国展，朱新建去宜兴，是要给那些雕塑来敷彩。宜兴多年没有大雪了，那一夜，北方的雪全部落在了宜兴。朱新建开始觉得冷，至午夜，胸闷痛，天微亮，即返南京，途中他昏迷了。

傍晚时，陆逸告诉我，心脏搭桥成功了，隔日再搭脑血管。之后，朱新建又昏迷……

期间，李津、武艺、于水、韩羽、范扬、邵大箴、北鱼、林海钟、赵跃鹏、何辉、吴悦石、董浩、粥庵、陆军、周亚鸣、胡石、朱振庚、王和平、边平山等都向我询问朱新建。韩羽说：朱新建不能这样呀，他是当今画家里难得的怪才呀；他不能这样呀！电话里听出，韩老先生哽咽了。

于水说，朱新建会好起来，他的生命力是超人的。

粥庵说，朱新建不在，中国画意思就少了。

范扬说，我回南京去，怎么还不知道朱新建有病呢。

前些天，我还在北京的环路上开着车，陆逸来电话，让我等一下，朱新建要讲话了，我吃惊，朱新建会讲话了！果然，电话一端低哑的声音：怀一，谢谢。

原来朱新建会说啊，两张嘴巴都不够用，现在只说出四个字，我心里涌出一丝酸楚来。

2008 年 3 月 30 日晨，于天津南苑 e 家

怀一　写生稿　19cm×30cm　纸本墨笔　2013 年

忆朱振庚先生

杨刚夫人告诉我，朱振庚去世了。

《画风》21期刚刚为朱先生出专题，辛卯岁尾时，朱先生电话问，书还没看见？年前能来吗？春节前，朱先生收到书，电话说，看了高兴啊，算作你给我的新年礼物吧。

前三年，朱先生搬进大房子，房子高级了，可是怎么也画不成。朱先生生来就是个画画的，画不成，等于不能生活了。朱先生还要搬回到老房住，他说你不明白啊，我坐在那个大房里，好像坐在监狱里。

我安慰朱先生，房子是要人养的，某一天在新房里画好一幅画，人和房子的关系就亲密了。

偶一天，朱先生来电话，说你不来武汉看看我？你能去南京看老朱，不来武汉看老朱，老朱对你有看法。我答应朱先生，来年春去武汉。朱先生说我等你。朱先生说你讲得对，现在可以在大房里画画了，等你来看画，一连看它个三四天。

朱先生脾气大，看不惯直接说，一次他在电梯里说徐画家，你画的什么狗屎啊，还敢满世界去招摇。朱先生做画展，一个领导说朱先生画多么好，人在武汉多重要。朱先生说领导，你给我住嘴吧，你说我画好，人那么重要，怎么平时不见你关心我，你在台子上说漂亮话，自己不觉得脸红吗？那年，朱先生来二月书坊玩，遇到一个宜兴人，不知为什么，宜兴人把朱先生得罪了。朱先生说，你把那个人赶出去，你不赶他去，我要赶他了。

辛卯腊月底，朱先生电话问，北京天冷吗？武汉冷，人都是哆哆嗦嗦的，空调一开吧，像一把电吹风吹着你。

朱先生想来北京租房子，嘱咐我方便时留意一下出租房，年一过，到北京画画去。

壬辰正月里，朱先生电话问我忙？答他不很忙。他说不忙就给你唱首歌？我说唱。朱先生唱：达阪城的石头硬又平呀，西瓜大又甜呐，达阪城的姑娘辫子长呀，两只眼睛真漂亮……

后来，两次给朱先生去电话，朱夫人说朱先生休息呢。

答应来年春去武汉看朱先生，现在已是来年春。我打算去看朱先生，可是朱先生失约了，你不等我来，让我到武汉看你什么呢？

怀念朱振庚，我的可爱的朱先生！

夜车

　　我坐火车从临沂回北京。我的铺位号是 12 中，12 号下是一个母亲带着一个还在哺乳的小孩。12 号上是一个看起来很老的老头子，他好像有肺病，即使在安坐的时候，仍要大口大口喘着气。对面 11 号下是老头的老伴，她的身体看起来很不错，旁若无人地吃着什么，还不停地喝水，就连她喝水的声音听起来都好像是喝汤那么有滋有味。11 号中、上是两个临沂人，老一些的据说要退休了，年轻一些的那位是他的徒弟。他们在临沂铁路部门做事，师傅一辈子没去过北京，单位安排师傅退休前去北京玩几天，就让徒弟来陪他，徒弟说，他也是第一次上北京。

　　火车开启了。

　　师傅和徒弟要喝酒，他们从上火车一直显得很兴奋，酒怎么能不喝一点呢。他们要喝的酒叫"景阳冈"，酒瓶子是瓷的，挂蓝釉，开光处画着"武松打虎图"，这酒，不必说，应该就是山东特产了。下酒的菜是一只鸡，估计味道还不差，他们的酒因而也下得快。他们用的是一次性纸杯和木筷，这两样餐具直到今天在火车上用起来看得都很不俗。所以，他们吃吃喝喝的时候总是吸引了不少旅客的注目。师傅与徒弟喝酒的样子也愈加得意了。

因为只有一只鸡，一次性筷子的实际作用就很小，徒弟用手把一只小小的鸡几下子就肢解了，然后一停一动往嘴里塞。那只鸡的味道不错，我从过道抽烟回来时，距离很远就闻到一股浓浓的卤香与曲酒味弥漫在车厢的过道里。

再说那个母亲和小孩。母亲的年龄有多大呢？好多农村里的母亲年龄其实还很小，可看她们的模样已显得很老了，这种看着又老又年轻的母亲在中国的农村里比比皆是。这位母亲不能例外也是如此，她的头发蓬乱、指甲黑黑的，而脸颊呢，也像洗不出皮肤底色一样，我努力把她想得年轻，我想她的实际年龄应该只有二十三四吧，而当你看她第一眼时，你总会不假思索地把她当成一个中年妇女。据说，她襁褓中的小孩刚刚过了三个月，母女上北京去看一个卖水果的男人。北京卖水果的男人那么多，我想不出她要找的那个男人是什么样。

小孩从上到车厢就熟睡着，她熟睡的样子看上去乖极了，我觉得这是个可爱的小女孩。但我真的还不知道她是不是一个小女孩。

师傅和徒弟喝了不少酒，讲话的声音渐渐大起来，他们从单位里的琐事讲起，然后话题又跑到美国和本·拉登上了。师傅说本·拉登就在阿富汗。徒弟说，在阿富汗是不可能的，本·拉登已去了美国，美国刚刚又掉下一架客机，就是本·拉登坐镇美国指挥的，只不过美国人碍于面子不好再说了。师傅说不信，徒弟说信不信由你吧。徒弟说他已从互联网上浏览过，许多事实证明本·拉登就在美国呢。说到互联网，师傅不说什么了，师傅好像不懂互联网，或者他对互联网原本就不怎么感兴趣。

师傅和徒弟的争辩引起了列车员的注意。

这个列车员是个三十多岁的男人，讲着一口细细的京腔。他整个身体看起来是圆的，头是圆圆的、眼是圆圆的、肚子是圆圆的，好像，他的手脚都是圆圆的，唯独他的声音是尖尖的，他的尖尖的声音和他的浑圆的身体感觉是一个矛和一个盾。他听着师徒俩说本·拉登，看着师徒俩一口一口灌着酒，说，新闻联播：四川高速公路车祸一家伙死了十多个，有人说，本·拉登也有份儿呢。师徒俩都说，那不会的。我发现，这个列车员其实对本·拉登的话题本身没兴趣，他或许只是被曲酒的浓香引来的。我看到他因嗜酒而留下的难以克服的举止，比如，他在讲本·拉登的时候连鼻翼都在扇动，还有，他呆板的双眼一看到酒瓶就放出狡黠的流光。

师徒俩人也意识到了什么，他们极力劝说这个列车员把瓶底的酒尝一口。列车员有些不好意思了。我以为他终归是应该去喝一口的，既然那么爱喝酒，喝一口，有什么呢。后来，列车员说，我还要去做事呢，怎么轻易会和旅客喝酒呢?

那个年轻的母亲就那么呆坐着，她的小孩就那么熟睡着。

那个老头就那么喘着气，他的老伴嘴里还咀嚼着什么。

我心里想着每个人在想着什么，看着每个人的一举一动都好奇。列车广播要停播了，却又放出一支肯尼金的萨克斯乐，曲终，车灯便熄灭了。

老头要上上铺睡觉了，我建议他睡中铺，我去上铺睡，他说楼上最安静。他很犟。在我的帮助下，老头喘着粗气上去了。

师徒俩的酒席也散了。徒弟去过道去垃圾，师傅独自上中铺睡下了，徒弟回来也睡了。片刻，师徒俩人的鼾声交错响起。

老头的老伴也躺下了，我也懒得再去看，她嘴里是否还在吃什么。

年轻的母亲呢，我看她还那么呆坐着，她的眼神呆呆的，隐约，还噙着泪吧，是泪吗？我的心竟暗自抽紧了。再想想，这样一个年轻母亲心里能不有怨吗？我也困了，我管不了太多了，我也要睡觉了。我在睡觉前总得先去厕所里呆一下，走到过道口，看见那个列车员—— 一手把了酒盒子，一手把了酒瓶子，他是刚从垃圾桶里捡起的，他仔细地端详着那只酒瓶说，山东人心粗，他妈酒精度数都不标，还不把人给喝死了。他又说，眼行吗？你看吧，标了吗？我接了酒瓶看，果然找不到酒精度。再看盒，标着呢，酒精度 39，字极小。列车员乐了，说，我当是什么高级酒，破他妈 39 度，还搞得味儿这么窜，真他妈夸张呢。

我回到铺上了。我要睡觉了。

夜半时，忽被小孩的哭叫惊起来，俯首看去，那个年轻的母亲呢？那个年轻的母亲去哪儿了？老头的老伴说，那个女的下车了。我说，不会的。老头的老伴说，她就是下车了。我说，不会吧。老头的老伴说，下车了。

老头也醒过来，嘱我叫警察。

我带警察来，警察说不要慌，先广播一下吧。一广播，人们都醒来了，可那个年轻的母亲呢？那个年轻的母亲哪去了。

那个小女孩哭得更响了。

看来，那个年轻的母亲真的下车了，她怎么可以丢下自己的孩子下车呢？这个世界呀！有那么多让我费解的事。

……

火车开进北京的时候，师徒俩从大觉里醒来了，昨夜的酒已消化，他们的气色看起来格外的好。师傅说下车后先去天安门广场看升国旗，徒弟说先找个旅馆洗个澡。师傅说洗过澡国旗升完了，徒弟说明天还升呢。师傅说明天洗澡身子不也还在，徒弟说你去看升旗，我去找旅店。师傅说，早知道你小子这么不听话，把你丢在家里不带你玩了。徒弟说，是我带你玩的。你还没搞明白呢，就乱说。

火车，在北京站停了。

2002 年 3 月 6 日于北京和平里

怀一　梅瓶　68cm×38cm　纸本设色　2013 年

怀一　牡丹　45cm×38cm　纸本设色　2013 年

郭先生

  乡人郭先生也画画，早年读过山西大学艺术系。山西没有美术院校，山西大学艺术系在山西好像可以等同于中央美术学院了。

  怎么认识的郭先生？后来与郭先生便认识了。

  那时，郭先生刚交了女朋友，郭先生管女孩子叫小庄，我们也跟着叫小庄，小庄年纪轻，长得像一个面娃娃。郭先生有一辆大白鲨，点燃发动机，动力如牛吼，听声音即是好摩托。20 世纪 90 年代初富人少，骑着大白鲨，挎一个面娃娃的人多么风光啊。

  郭先生喜欢商榷文学与绘画，说商榷，其实他自己已经有断论。梵·高好，李敖好，八大好，青藤好。郭先生手掌的骨骼有别于常人，常人赞好时，握拳伸拇指，郭先生每赞好，五个手指全张开，然后再弹出拇指来。郭先生的拇指也不同于常人，便是格外的翘，几乎是往后佝偻着，他每张手赞好时，我都会担心他的拇指会折断。

格外翘起的拇指已经是郭先生的标识了，有时我不小心也会把拇指那样翘起来，乡人问，你学郭先生？

郭先生说他的钱全消费在读书上，再去看小庄，还穿着初见她时那身蓝。郭先生说他藏了很多书，二刚先生曾送我一册《庙亭山随笔》，郭先生一借无消息，郭先生好读书，把书留给他，二刚先生也会开心吧。

聚餐时，郭先生总是抢着要结账，我已经是最善于埋单的人，每次与郭先生下馆子，都是他付费。郭先生常言孝，有一年，郭先生开始带着母亲吃馆子，郭先生说，老人吃不了几天了。

那晚风不小，郭先生和我聊李敖，后来又说起李老十，后来实在没有话题了，我问小庄呢？说小庄楼下看摩托。晋北冬夜可以冻死人，那么大的风，我说让她屋里暖一下。郭先生说聊一下就走了。然后又说安迪·沃霍尔，我说自己人还不知死活呢，不要再说外国人。郭先生终于要告辞。我从窗外望，小庄隐约蜷曲在一棵树干上，大白鲨就停在月光下。

粥庵二三人受邀去郭先生家里吃晚餐，晚餐的食单在发出邀请的时候郭先生就一一告知来客了。主食糕，热菜被我忘记了，唯一可记得的，热菜是严格按照老配方烧成的。

小庄厨间忙，郭先生招呼客人看他的画，不时又往厨房喊，严格按照老配方。小庄厨间忙，郭先生招呼客人又上网，不时又往厨房喊，记得吗？严格按照老配方。后来呢，郭先生居然想起给客人看他母亲的遗像来。郭先生喊小庄，来一下，把老人的照片打开了。遗像在一个盒子里，布包裹，小庄开照片，郭先生问，手洗干净吗？小庄答，洗了。掀去几层布，一个老人出来了，来客与郭先生唏嘘后，小庄把照片包起来。

小庄厨间忙，郭先生又招呼客人看什么，不时又往厨房喊，严格按照老配方。来客猜不出吃什么？却是记住了老配方。郭先生说，老配方不能传外人，只能来家里给你们尝。于是又喊小庄，来一下。来客问，还要安顿老配方？郭先生说，这次不说老配方。小庄来，郭先生问小庄，洗手吗？小庄说洗过了。郭先生说，你把老人的照片打开看一下，别把老人头朝下。小庄说朝上了。郭先生说打开看一下，别委屈老人呢。小庄开照片，一看头朝上。郭先生说，包好吧。

来客都饿了，有人几乎要脱水，郭先生说不着急，一个晚上慢慢吃。

老配方出现在桌面时，来客们已经饥不择食了。粥庵说他只记得一个什么肉，被红红的辣椒掩埋着。主食没有变，依旧是黍米糕，晋北人吃糕不咀嚼，夹一块，沾点汤，呼噜吞到肚子去。呼噜过斤半糕，粥庵觉得肚子要沦陷，于是下饭桌。

起初，粥庵打算寒暄后再道别，后来他觉得时间不够了。粥庵说快走，来客们鱼贯往楼下跑。后面一个女士边跑边问谁有纸？粥庵说那个时候谁还顾得上纸不纸。

多年来，每想起老配方，粥庵心有余悸、不寒而栗。

立春前，忽然遇到郭先生，他似乎没有变，小庄依旧一身蓝，脸上却露出沧桑了。郭先生说他卖了房，寄居在一家小宾馆，专心于读书画画了。很多画人买房子修画室，郭先生卖掉房子去画画。好诧异。

立春后，郭先生说要把一批新作发我邮箱来，越半年，他问过三次邮箱号，最终也不见他发新作。

2014 年 6 月 1 日于城北

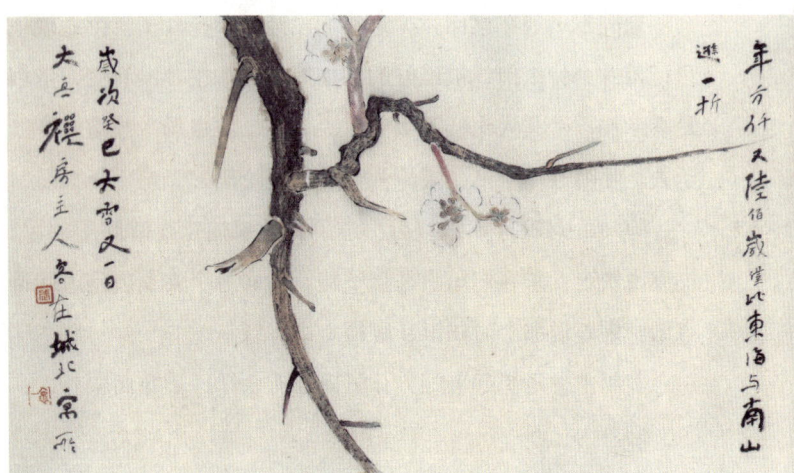

年方竹又陸佰歲賀此東海与南山
選一折

歲次癸巳大雪又一日
太乙礪房主人客在城北宗那

怀一　贺岁图　20cm×74cm　纸本设色　2013年

昨天的事

我说的昨天就是昨天，不是说过去了很长时间的概念。

就是昨天，上午，我的车号限行，我打了的士往南城去，接一个河北的农民，然后再去快要到河北的一个不知什么地方的地方看一幅画。据说这幅画老得几乎不像话了，画里画的是《百子图》。

嘱咐我去看画的人是一个山西的大老板，他快到退休的年纪了忽然喜欢收藏艺术品，他让我务必在昨天上午和刘胡子约一下，然后去看《百子图》。

刘胡子，就是我说的那个河北农民。以前便知道，刘胡子卖给我的老板朋友不少假古董，其中有一个说是清早期的青花缸，上书岳飞的《满江红》，听起来像笑话。

现在，买假的人，也就是受害人、我的老板朋友让我务必见这个刘胡子。而且叮嘱打的的钱一定由我付。我想,我打的二十年,没差过司机一分钱。

车在南城吕家营旧货市场外排二号停下来,等了好一会儿,刘胡子还不来。隔着玻璃窗,一个又老又年轻的女人摆手招呼我进去等。进屋看,我一眼就猜到侧面的人就是刘胡子,他留着一脸黑胡子,好像把嘴都挡住了,他正在和两个瘦小的农民斗地主。其中一个小农民肯定是赢家了,胸口前码一堆百元币,这几个农民玩得不算小。

接到刘胡子已经快十点钟,穿越南四环,要出京开高速路口的时候塞车了。开的士的人性子急,有空忽然插进去,旋即又刹车,坐在前排的刘胡子很快就晕车了。他把玻璃摇下来,一拨一拨地呕,我坐在后排,风将刘胡子早点用过的韭菜花一缕一缕往我的面前吹。我能说什么呢?权当我们已经到河北的农村了,记忆中,从前,农村粪池里弥漫出来的都是这个味。

塞车原因是两辆很破的汽车追尾了,昨天上午京开高速北京段全部瘫痪掉。我们赶到要去的地方是正午了。

刘胡子自己找不到藏画人,他还要等另一个姓尤的农民来,藏画的人和尤农民是老乡。刘胡子的家乡靠唐山,讲话该三声的发四声,该直声的又绕一个弯。

坐在车里等尤农民。

尤农民的手机好不容易接通了，刘胡子催他赶快来陈梅包子铺，车就在包子铺对面等。最后刘胡子对着尤农民嚷：顺便给我买一瓶小可乐、我晕车了、是小可乐、就是小可乐、我晕车了、要喝可乐、听懂了吗、是小可乐、可乐、可乐、你妈的、可乐你都不知道？

开的士的司机说，你先说是瓶装水，再提醒是可口可乐牌的瓶装水，他不就明白了。好他妈、费他妈、费他妈劲。

尤农民的手机又断掉了，刘胡子很生气地笑着说，他妈的，要说给他钱，他一下就听懂了，让他花几个钱，他跟我装死呢。他就是个小气人儿。

一阵噪音，一辆三轮车停下来，备斗里爬出一个人，估计就是尤农民。果然是，刘胡子问，买来吗，小可乐。尤农民很无辜的样子问，买小可乐做啥呢，我还寻思呢。刘胡子说，你寻思个屁，我晕车了，需要喝一个小可乐，你还寻思呢，你寻思个屁。尤农民呆住，两手往衣袋摸什么，说，要不，我现在，现在再去买一趟。刘胡子说，你快他妈上车吧，等喝你可乐，我死三趟了。尤农民上车来，他的头发黄黄的，稀疏蓬乱，像焗过色，他还说给自己听，晕车有晕车药，喝小可乐能行吗？

距藏画的农民家还有八公里，沿一个河道往东开。去藏画的农民老邢家。

村子也不很大。给的士押了钱，我跟着尤刘两个农民去另一个农民家。

找到邢农民住处，发现是个废品收购站，邢农民家的铁门上写：收铜铁铝家电书本等一切废品。门口有一辆脚踏三轮车，斗子里装满易拉罐和透明的可乐瓶，刘胡子捡起一个可乐瓶，朝尤农民的脑勺敲，小可乐，你不知道这个就是小可乐，你妈的，你就是个小气人儿。尤农民不言语，他往铁门里喊，老邢老邢，开门开门。

一个女人，不开门，从院子里往外喊，谁啊？找谁啊？你找谁啊？尤农民答，我老尤，找老邢，找老邢看那个什么。院子里又往外喊，没人没人，看什么啊，不给看，你们看什么啊看。

尤农民看刘胡子，刘胡子又看我。跑了这么多路，什么东西没见着，刘胡子也急了，往院子里喊，大姐啊，先让我们进来吧，看看再说。院子里又往外喊，你是谁？你找谁啊？看什么啊看？你们不走就打110。

尤农民告诉刘胡子，别信她，她家没电话。

《百子图》看不成，只能返回北京了。

尤农民让我等老邢，刘胡子的意思也让我等等吧。

邢农民几点能到家？一个收废品的人，哪有垃圾去哪里，年刚过，垃圾多得是。邢农民几点才能到家呢。不清楚等过多久了，后来我失去耐心，告诉的士返程吧。

刘胡子有些不高兴，他觉得我最好等下去，他一边劝着我，一边责备尤农民，你怎么不和老邢定好呢？尤农民答，我昨天就和他定好了。刘胡子说，定好了人在哪？尤农民答，我管不了他要出门。刘胡子骂尤农民，你他妈就是一个土农民，农民就是没信誉。

刘胡子怎么想起拿这句话数落尤农民？刘胡子用这句话数落尤农民的时候，把自己的农民身份一下就取消了。

刘胡子问我真不等。我说不等了。刘胡子说，等一下可能就回来了。我说一下不会回来的。刘胡子说等等吧。我说不等了。然后车里没声了。

刘胡子忽然下车了，狠狠把车门甩上，拉着尤农民，说，我们去喝酒，回城的路上又撞车，你趴在路上去堵吧。

的士司机被惊呆，半天才往车外骂，你他妈有病吧，拿我的车门撒气呢。

我和的士司机说，回程吧，天真的不早了，我们去陈梅包子铺，如果没关门就去吃包子。

2010 年 3 月 9 日于城北